Margret Rühle

Max macht Theater

Ein Buch für alle, die neugierig sind
auf das Theater und seine Geheimnisse

Bearbeitet und herausgegeben
von Deborah Vietor-Engländer

1. Auflage: April 2021

ISBN: 9-783753-477961

© **für diese Ausgabe:** Günther Rühle

Satz, Umschlaggestaltung: Nadine Englhart mit der Hilfe von LaTeX, KomaScript, Gimp, IrfanView und Notepad++, verwendete Schriften: Latin Modern (Satz), Excalibur Noveau (Umschlag), Liberation Serif (Umschlag)

Herstellung und Verlag: Books on Demand GmbH Norderstedt

Bibliographische Information der dnb: Die Deutsche Nationalbibliothek verzeichnet diese Publikation in der Deutschen Nationalbibliographie; detaillierte bibliographische Daten sind auf http://www.dnb.de/ abrufbar.

Zur Autorin

Margret Rühle wurde 1929 in Kaaden in Nordböhmen (heute: Kadaň, Tschechien) geboren. Nach dem Studium der Germanistik und Anglistik unterrichtete sie in Vollzeit an einem Frankfurter Gymnasium. 1999 schrieb sie das Kinderbuch *Max macht Theater*.

Margret Rühle starb 2008 in Bad Soden. 2009 erschien der vierte Band der Alfred Kerr-Ausgabe *Sucher und Selige, Moralisten und Büßer* (S. Fischer), die sie zusammen mit Dr. Deborah Vietor-Engländer herausgegeben hatte.

Kurze Anmerkung der Herausgeberin

Das Kinderbuch *Max macht Theater* speist sich aus mehreren Quellen: Margret Rühle hat in dieses Buch ihre ganze Liebe zum Theater eingewoben. Hinzu kamen die Blicke hinter die Kulissen; die verdankte sie ihrem Mann, dem Theaterkritiker, Theaterhistoriker und ehemaligen Intendanten des Schauspiels Frankfurt, Dr. Günther Rühle.

Dieses Buch spiegelt aber auch die Erfahrungen der Lehrerin Margret Rühle wider, die bis in die 90er Jahre als Studiendirektorin an einem Frankfurter Gymnasium unterrichtete und ganz sicherlich Erfolg dabei hatte, ihren Schülern die Geheimnisse des Theaters zu entschlüsseln.

Wir haben uns nach einem Blick auf die Personen und einige Hinweise im Buch entschieden, die Handlung im Jahr 1974 beginnen zu lassen, kurz vor dem Ende der Sommerferien.

Inhaltsverzeichnis

Max macht Theater

»Heute kommt Lilliiiii«, rief Elfi und führte einen kleinen Freudentanz im Flur auf: »Sie verbringt den Rest der Ferien bei uns!« »Och nööö-öö-ö«, stöhnte Max. Die Cousinen waren ein Herz und eine Seele, tuschelten andauernd, gingen miteinander Eis essen, ohne ihn mitzunehmen, wussten immer alles besser und behandelten ihn wie ein kleines Kind. Er hatte nicht vergessen, wie sie sich einmal über ihn lustig gemacht hatten, als sie glaubten, er könne sie nicht hören. *Noch so eine im Haus. Und das fast die ganze Woche. Das hält doch kein Mensch aus*, dachte Max. Elfi fragte: »Kommste mit, sie abholen? Ihr Zug kommt in zehn Minuten!«

Max dachte gar nicht daran: »Am Ende darf ich dann noch ihren Koffer nach Hause schleppen?! Das kann sie mal schön selber machen! Und überhaupt: Lilli! Wie kann man nur Lilli heißen!«, brüllte Max, knallte seine Zimmertür zu und legte sich im Bett auf die Lauer. Von dort aus hatte er die Straße vor dem Haus immer bestens im Blick. Er hörte sie schon, ehe er sie überhaupt sah. Sie plapperten und lachten. Lilli trug ihr blondes Haar offen und hatte sich anscheinend extra herausgeputzt. Sie juchzte und ließ ihren Koffer fallen, als sie Mutter sah und rannte mit ausgebreiteten Armen los: »Tante, ich bin daaaa!« Sie sang das so richtig. Alle fielen sich in die Arme und freuten sich.

Max tat im Schutz seiner Festung so, als ob er sich übergeben müsste und beobachtete weiter. Er wollte sich gerade schmollend unter seinem Kopfkissen vergraben, da flog die Türe auf. Es war Mutter. Sie guckte wieder so und sagte: »Du kommst jetzt runter und begrüßt mir die Lilli, danach kannst du meinetwegen für den Rest des Tages schlafen.« Max überlegte, ob er es auf eine Schreierei anlegen sollte und entschied, dass er im Zweifel den Kürzeren ziehen würde. Mutter hatte weitaus mehr Übung als er.

»Mäxchen«, rief Lilli, als sie Max sah, »Du bist ja schon so groß. Du bist ja schon fast ein richtiger Mann!« Max schnaufte. Mal davon abgesehen, dass Lilli fast jeden Monat zu Besuch kam, glaubte er kaum, dass sie sowas beurteilen konnte. Sie war erst vor kurzem vierzehn geworden. Max hatte ganz eigene Vorstellungen von Männlichkeit. *Weiber*, dachte er, sagte es aber lieber nicht laut. Er nickte Lilli knapp zu, grunzte etwas Undeutliches, schnappte sich seinen Fußball und floh zu Paule, der gegenüber wohnte.

»Er ist nicht so schlimm, wie er immer tut«, sagte Elfi. »Mutter sagt, er ist jetzt in einer sehr kritischen Phase.« Lilli lachte wieder los, aber Elfi war sich nicht sicher, ob die Mutter nicht auch sie damit meinte. Aber sie war immerhin schon fast vierzehneinhalb! Die Große! Die Vernünftige! Sie ging mit Lilli auf ihr Zimmer, auspacken, die Ferienerlebnisse der letzten Wochen bequatschen.

Lilli lebte mit ihren Eltern in Frankfurt. Sie war gern bei der Tante, und die freute sich immer, sie zu sehen. Die Tante hatte einen schönen Garten, man konnte hier spielen, in der Sonne liegen, lesen. Daheim war alles enger und dunkler. Gleich zur Begrüßung gab es Lob. »Ich hab von deinem tollen Zeugnis gehört und mich so sehr drüber gefreut«, hatte Tante Ella gesagt und ihr auf die Schulter geklopft.

Onkel Gerner war auch nett, aber brummig und oft genervt von seiner Arbeit. Zuhause verschanzte er sich am liebsten hinter seiner Zeitung oder vor dem Fernseher, aber alles in allem war er lieb und lachte gern. Am liebsten schleppte er seine Familie an den Wochenenden in den

Zirkus und spendierte hinterher riesige Eisbecher. Max sagte oft: »Ich weiß gar nicht, was ich lieber mag: die Clowns oder die Eisbecher.«

Als das Abendessen schon auf dem Tisch stand, aber alle noch auf Onkel Gerner warteten, merkte Lilli, dass die Tante mit dem guten Porzellan gedeckt hatte. Sogar ein kleiner Blumenstrauß stand in der Mitte des Tisches. Es gab lauwarmen Speckkuchen und frischen Apfelmost. »Mein Lieblingsessen«, juchzte Lilli.

Nur Max hatte unbedingt seinen Grießbrei mit Zimt haben müssen, weil er den jeden Montag hatte. »Wenn du nicht da wärst, könnten wir jetzt in der Küche essen«, zischte er Lilli zu. Die sah ihn fragend an, wollte sich setzen und fuhr gleich wieder in die Höhe. »Was zum ...«, sagte sie, klaubte von ihrer Sitzfläche zwei Bauklötzchen aus Holz, zeigte sie herum und schaute nochmal fragend auf Max.

Mutter presste die Lippen aufeinander und warf einen langen, lauernden Blick auf ihren Sohn: *Wir sprechen uns.* Aber Max löffelte bereits seinen Grießbrei, den Blick fest auf sein Lieblingsschüsselchen gerichtet, auf das er ebenfalls bestanden hatte. Lilli setzte sich, beobachtete Max und sagte nach einer Weile: »Ich esse schon fünf Jahre keinen Grießbrei mehr. Ist der nicht für ganz kleine Kinder?« Max tat, als hätte er sie nicht gehört.

Da kam Vater nach Hause und rief: »Da ist ja unsere Lilli!« Lilli sprang auf und umarmte ihn. Max ließ den Löffel in seine Schüssel fallen, dass es nur so schepperte, und rannte auf sein Zimmer.

Am nächsten Morgen war Max früh wach und konnte nicht mehr einschlafen. Er griff sich aus der Ecke seines Zimmers das bunt lackierte Holzgestell seines Kasperletheaters, stellte es auf und hängte den roten Vorhang ein. Anschließend kramte er aus einer Kiste einige der Handpuppen heraus und legte sie neben sich hin: den Kasper, den Polizisten, den Lehrer, die Hausfrau und das Krokodil. Zuletzt suchte er nach dem jungen blonden Mädchen mit den abstehenden Zöpfen. Es lag ganz unten in der Kiste. Er hatte schon ewig nicht mehr mit Kaspers Theater gespielt. Jetzt war ihm danach.

Er lauschte, ob die anderen noch schliefen. Dann hockte er sich hinter das Gestell, schob probeweise den Vorhang zur Seite, warf einen Blick auf sein zerwühltes Bett und schob den Vorhang wieder zu. Auf die linke Hand streifte er das blonde Mädchen, auf die rechte den Polizisten. Er schob den Vorhang beiseite.

Das Mädchen mit den Zöpfen tippelte singend einher, traf den Polizisten und fragte: »Wo geht's denn hier zu meiner Tante Ella?«

»Zu welcher Tante?«

»Zu meiner!«

»Wer ist denn deine Tante Ella?«

»Na, die Schwester meiner Mama.«

»Wie heißt denn deine Tante Ella?«

»Ella«, sagte das Mädchen.

Max lachte, weil diese Lilli sich so anstellte; als ob der Polizist eine Tante Ella kennen müsste. »Ich kenne aber keine Tante Ella«, sagte der Polizist.

»Meine Tante ist aber sehr bekannt.«

»Aber ich kenne sie nicht.«

»Gerner heißt sie.« Das war schon besser. Der Polizist sagte: »Da vorne rechts rum, das zweite Haus«, und ging ab. Die blonde Lilli sah sich um, da kam die Hausfrau schon hinter dem Vorhang vor, streckte die Arme von sich und rief: »Was für gute Noten du hast!« Sie quiekten beide in den höchsten Tönen. Max fand, dass er ihre Stimmen sehr gut traf. Dann schloss er den Vorhang.

Als der sich wieder öffnete, war Lilli in der Schule, und der Lehrer sagte: »Lilli, du bist doch so klug. Wer war Nikolaus Kopernikus?« Da sagte die blonde Puppenlilli eifrig: »Der Nikolaus kommt im Dezember und bringt allen braven Kindern Geschenke.« Der Lehrer drehte sich auf der Stelle um und brüllte: »Falsch, falsch, falsch«, tauchte ab und gleich wieder auf, sah jetzt aber aus wie das Krokodil. Es riss das Maul auf und schnappte nach Lilli. Das war Max' Lieblingsspiel: der Lehrer als Krokodil.

Plötzlich stand die echte Lilli in der Tür, noch ganz zerzaust, im Schlafanzug. Sie rieb sich die Augen und frage: »Was tust du da?«

»Ich hab dich gefressen«, rief das Krokodil und verschwand.

Lilli warf die Arme hoch, verdrehte die Augen und lief zurück in Elfis Zimmer. Die schlief aber noch.

Da ließ Max den Kasper tanzen. Wortlos. Das war er. Dann packte er alles weg. Er hatte keine Lust mehr auf Kaspers Theater. Er kam sich auf einmal sehr kindisch vor. Wie hatte Lilli nochmal gesagt? »Du wirst ja ein richtiger Mann!«

Am späten Vormittag hatte sich alles wieder eingerenkt. Elfi und Lilli nahmen ihn sogar mit zur Eisdiele: Erdbeer, Himbeer und Vanille, mit extra Sahne. Lilli bezahlte: »Meine Eltern haben gesagt, ich soll euch beide einladen.« Max bedankte sich, Elfi sagte nur: »Ich revanchier' mich.«

Sie gingen zur Schreibwarenhandlung Huskes am Markt. Herr Huskes liebte ungewöhnliche Schaufensterdekorationen. Diesmal hatte er mechanische Affen im Schaufenster, die allerhand Bewegungen vollführten. Einer winkte sogar. »Hey Max, der Affe im Schaufenster erkennt dich«, sagte Elfi spitz. »Selber Affe!«, gab Max zurück. Lilli lachte. »Wir müssen echt mal wieder in den Zoo, wenn ihr in Frankfurt seid.«

Dann erzählte sie von Matze, dem Flachlandgorilla, der dort in einem riesigen Gehege hauste. In ihrer Erzählung wurde er zu einem richtigen Ungetüm. Natürlich hatte Huskes keine Gorilla-Dekoration im Schaufenster. »Ich könnt stundenlang im Affenhaus sitzen und die Kerls beobachten«, sagte Lilli. Max verkniff sich seine Bemerkung und aß lieber sein Eis.

Am Spätnachmittag saßen sie im Wohnzimmer herum. Berta, eine von Elfis Freundinnen, war auch da. Doch das Wetter hatte sich eingetrübt, es regnete. Draußen konnten sie nichts machen. Da ging plötzlich die Tür auf. Elfi, Lilli und Berta erschraken. Wer war das denn? Vor ihnen stand jemand, den sie kannten und doch wieder nicht.

Das Wesen hatte eine knallrote Nase, unter einer Strickmütze quoll gelbes Haar hervor. Es trug einen Rock, Strickjacke drüber, drunter ein weißes T-Shirt und sagte kein Wort. War das ein Mädchen oder ein Junge? »Ulrich?«, rief Elfi. Ulrich wohnte nebenan.

Der Mund unter der roten Nase zuckte nicht mal und Elfi versuchte es weiter: »Tutti, bist du es? Mary?!« Keine Antwort. Der lange Rock, die Strickjacke und der strohbehaarte Kopf standen nur da. Elfi sah nach unten: Wieso kamen ihr die Stöckelschuhe so bekannt vor? Und dieser Rock?! »Also Mary, wenn du es nicht bist, dann muss es Jutta sein!«

Erst bebte die Gestalt nur, doch dann fing sie an zu wackeln. Es war weder Tutti noch Mary und schon dreimal nicht die lange Jutta. Max gackerte vor Lachen. Dann schleuderte er die Stöckelschuhe von seinen Füßen und drehte sich dreimal im Kreis.

»Du Hund!«, schrie Elfi und gleich nochmal, »Du Hund!«, und schlug nach ihm. »Du warst an meinem Kleiderschrank!!«, kreischte sie, »Du Hund! Mit Mamas besten Schuhen!« Sie zog an der roten Nase und ließ das

Gummiband in sein Gesicht zurückschnalzen. Max zuckte zusammen und jaulte nun wie ein Hund: »Waauuuuuuu, wauuuuuu, auuuuuu!« Er hechelte, rollte auf dem Rücken herum, machte Männchen.

Elfis Zorn schmolz dahin, sie musste trotz alledem lachen. Lilli und Berta stimmten lauthals mit ein. Als sich alle wieder eingekriegt hatten, sagte Elfi nur: »Ach, Max. Immer machst du nur Theater! Du bist und bleibst ein Clown.« Sie wusste gar nicht, wie sehr sie den Nagel auf den Kopf getroffen hatte. Max hatte schon oft überlegt, ob er nicht Clown werden sollte, wenn er mal groß war.

Herr Stimpel, Max' Klassenlehrer, nannte ihn immer »unser Klassenclown«. Max konnte einfach nicht stillsitzen. Er machte Verrenkungen, um die anderen zum Lachen zu bringen. Und Max liebte Wortspiele, mit denen er sich seine Ergebnisse bei Schularbeiten ruinierte. Es hatte schon Gründe, dass Lehrer Stimpel vor Diktaten oft sagte: »Passt mal auf, meine Lieben, wir üben heute nochmal das Trennen von Wörtern. Dass mir ja nicht wieder einer das Wort komisch wie Komm-Ich schreibt!« Und dann guckte er immer ganz lange zu Max rüber.

Diese langen, harten Blicke war Max auch schon von seiner Mutter gewohnt, die miese Noten abzeichnen und blaue Briefe unterschrieben zurückschicken musste. Statt »Kommt ihr? Komisch!« schrieb er im Diktat: »Kommst du, komm ich!«, statt »Diktat« stand da auch schon mal: »Dicke Tat!« Max konnte einfach nicht widerstehen und er hatte schon ein treues Publikum: Kurt, Willi, David, Adrian und Antonia, die immer so laut über alles lachte. Und natürlich Paul Klapp, Spitzname: die Klappe. Der war sein bester Freund und Vize-Klassenclown.

Nicht alle mochten Max' Späße: Sie schimpften und beschwerten sich über ihn. Nicht nur Herr Stimpel war ein schlechter Kunde. Auch der Primus verdrehte oft genug die Augen, wenn Max auch nur den Mund aufmachte. Der Primus wollte immer nur Einsen schreiben. Der Primus gab seine Arbeiten immer als erster ab. Der Primus konnte vor lauter Streberei gar nicht mehr gradeaus gucken. Das fand zumindest Max.

Er selbst hielt nicht viel vom Lernen. Zuhause entwarf er lieber kleine Nummern, wie ein echter Clown eben. Er dichtete Spottlieder auf die Lehrer. Er machte das immer mittags, wenn er zuhause eigentlich Bruchrechnen, Wurzeln ziehen oder mit siebenhundert mal nehmen und das Ergebnis dann verdoppeln sollte. Max führte seine Nummern am liebsten in der Mathestunde auf. Dafür hatte Herr Kurzmüller gar kein Verständnis. Der Mann war kein echter Clown, trotz der vielen Nummern. Herr Kurzmüller, Spitzname: der Rechenschieber, schrieb die meisten blauen Briefe und das verstand Max nicht.

Ein Clown wie Max brauchte doch ein Publikum. Vater hatte ihm das nach dem Zirkus mal genauer erklärt: »Was braucht ein Clown? Eine *echte* Nummer und Zuschauer. Was macht ein Clown ohne Zuschauer? Er spielt ins Leere.« Als Max fragte, was das heißen sollte, antwortete Vater: »Du kannst für dich allein witzig sein, aber damit deine Witze wirklich zünden, brauchst du Leute, denen du sie erzählen kannst.«

Das hatte Max nach etwas Nachdenken auch verstanden. Klar konnte er seine Verkleidungen allein vor dem Spiegel in Elfis Zimmer üben, wenn sie bei Berta oder Jutta war. Aber das kriegte niemand mit.

Vor den Ferien hatte ihn wegen einer Aufgabe des Rechenschiebers die Wut gepackt. Da war er ins Wohnzimmer gelaufen und hatte laut in die Tasten des Klaviers gehauen, auf dem Elfi dienstags und donnerstags zwischen ein und zwei Uhr mit Frau Ohlmüller, ihrer Klavierlehrerin, übte. Doch Max war ganz allein: keiner hörte, dass er Wut hatte, keiner hörte das Klaviergetöse, keinen konnte er ärgern, um seinen Ärger los zu werden. Da hatte er endlich auch begriffen, was sein Vater mal über Wut und Witze gesagt hatte: »Clowns müssen ruhig sein, auf ihren Witz und ihren Auftritt gespannt. Die dürfen keine Miene verziehen.«

»Komik ist eine ernste Sache«, hätte Herr Reckta wohl gesagt, wenn sie Clowns in Gemeinschaftskunde je durchgenommen hätten. Max hatte das beim Clown Luzzi im Zirkus neulich bemerkt: Der schaffte es sogar, zu weinen, als die anderen lachten. Wie machte der das? Max war sich nicht sicher. Er musste noch viel lernen, um ein echter Clown zu werden.

»Zieh meine Sachen aus! Jetzt!«, rief Elfi und riss Max aus seinen Gedanken. Er schlüpfte aus Rock und Strickjacke, und gab ihr auch die Mütze und die strohgelben Haare zurück, Elfis alte Fastnachtsperücke. Sie hatte in Elfis Kleiderschrank gelegen, längst vergessen, genau wie Elfis Lieblingspuppen. Elfi spielte nicht mehr mit Puppen, seit Carl von nebenan sie gefragt hatte, ob sie mal mit ihm Eis essen gehen wollte.

Als Max sich umgezogen hatte und wieder im Wohnzimmer stand, fragte Lilli: »Willst du nicht mal ins Theater?« Max war aber noch nie im Theater gewesen, Elfi auch nicht und auch Berta schüttelte den Kopf. »Wir gehen höchstens mal in den Zirkus. Du warst doch auch schon dabei«, sagte Elfi, »Aber wenn Mutter genervt ist und Krach macht, ruft Vater oft: ›Mach nicht so'n Theater, Luise.‹ Dabei heißt sie doch Ella. Oder er sagt Sachen wie: ›Es ist doch die Aufregung nicht wert‹ oder: ›Schlucks runter. Ist doch alles ganz einfach.‹ Manchmal weint sie und er legt den Arm um sie.«

»Manchmal giften sie sich aber auch an, und dann knallen aber die Türen«, sagte Max, »Neulich hat Mutter die neue Kaffeekanne hingeschmissen und gebrüllt: ›Es ist

mir jetzt egal!‹ – Ich bin dann schnell hoch ins Zimmer.
Ist das auch Theater?«

Berta fragte: »Hat Theater viel mit Krach zu tun?
Bei uns gehts immer gleich ab, wenn Mutter zu schreien
anfängt: ›Wie sieht's hier denn wieder aus? Bin ich denn
nur die Aufräumliese?‹ Da duck ich mich lieber weg.«

Lilli nickte: »Das kenn ich. Wenn Vollmond ist, dreht
Papa am Rad, sagt Mama. Es stimmt aber; ich krieg bei
Vollmond immer Kopfweh. Papa regt sich wegen nix und
wieder nix auf und dann ist Drama. Mein Deutschlehrer
sagt immer: Das Drama zeigt die Menschen, wie sie sich
gegenseitig was antun.« Lilli dachte nach. »Aber echtes
Theater ist viel, viel schöner«, sagte sie auf einmal. Sie
schnappte sich Max' rote Clownsnase, setzte sie auf, ging
in Elfis Zimmer, trat vor den Spiegel und musste grinsen.
Sie sah gleich anders aus, als machte sie sich über sich
selbst lustig. Was so eine Pappnase alles mit einem Gesicht
anstellte! Sie nahm die Nase gleich wieder ab.

»Ich war schon mal in einem richtigen Theater. Mit
Papa. Das war ganz toll,« sagte Lilli, als sie zurück ins
Wohnzimmer kam, »Das Stück hab ich nicht kapiert. Es
ging um einen alten Mann, der so tat, als sei er sehr krank.
Papa meinte, das ist ein altes Stück und es käme vielleicht
auch irgendwann in der Schule dran.
Der Dichter hieß Molière, sagte Papa. Er war in Frankreich ganz berühmt. Bei der Aufführung war dieser eine
Schauspieler, ein ganz kleiner zarter Kerl, nicht mehr jung,
mit so großen Augen und langen Armen. Das war der
Allerbeste. Er hatte ein ganz schmales Gesicht.
Er stand auf einmal auf der Bühne und hat Fratzen
gemacht. Und wackelte so beim Laufen. Und er hat so
lustig mit den anderen geschimpft und dabei die Arme
hochgeworfen.«

Lilli warf die Arme hoch, zog eine Schnute und drohte
ihnen mit dem Finger: »So hat er das gemacht.«

Elfi, Berta und Max lachten. Dann erzählte Lilli weiter: »Der war so witzig, ich bin aus dem Lachen gar nicht mehr rausgekommen. Ich hab die Leute neben uns richtig angesteckt. Irgendwann lachte das ganze Theater. Der Schauspieler hat das gemerkt und mich so angeguckt.

Am Ende hab ich wirklich gedacht, der spielt nur für mich. Ich glaube, ihm ist immer noch was eingefallen, weil ich so gelacht hab. Ich wollte gar nicht mehr heim und war so traurig, als dann Schluss war.« Lilli guckte ganz wehmütig: »Ich hab beim Schlussapplaus wie wild geklatscht. Das vergess' ich nie.«

Die anderen hatten so was noch nie erlebt. Elfi meinte: »Die haben echt alle wegen dir gelacht?« Berta guckte auch ein bisschen skeptisch und Max fragte: »Meinst du, das war ein Clown?« Lilli schüttelte den Kopf: »Clowns gibts nur im Zirkus. Das war ein richtiges Theaterstück, mit ganz vielen Schauspielern. Aber im echten Leben gibts doch auch genug Clowns.« Lilli zwinkerte Max zu und der kriegte vor Verlegenheit ganz rote Ohren.

Dann sagte Lilli: »So einen hat dieser Schauspieler gespielt. Die anderen auf der Bühne haben es gar nicht bemerkt. Die Zuschauer aber wohl.«

Max straffte sich, er stand jetzt ganz aufrecht da: »Ich will auch mal ins Theater. Gibts dort immer was zu lachen, so wie bei dir?«

Lilli sagte: »Das ist wohl nicht immer so. Es gibt auch ernste Stücke mit ganz vielen Toten. Tante Hildchen kam neulich und sagte: ›Dass im Theater immer die Leute sterben müssen!‹ Sieben Tote hat sie gezählt. Die sind nach dem langen Abend auf der Bühne herumgelegen. Es muss furchtbar gewesen sein. Erstochen, erschossen und vergiftet haben die sich. Und nicht nur die Männer.«

Jetzt waren sie alle ganz still, weil sie sich all die Schauspieler vorstellten, die den ganzen Abend da herumliegen und sich tot stellen mussten. *Wie kriegen die das nur hin?*, dachte Max und zuckte zusammen, als Elfi ihn plötzlich anfuhr: »Du! Meine Kleider ziehst du nicht mehr an! Und überhaupt: Du kommst mir nicht mehr in mein Zimmer!« Max tat entsetzt und ging ab, humpelnd, als sei er ein Schauspieler, der einen Verletzten spielte. »Guck«, sagte Berta, »er übt schon«, und alle lachten.

Ein Clown von dreizehn Jahren

Am Mittwoch feierte Max seinen dreizehnten Geburtstag. Alle waren da: Kurt, Willi, David, Adrian und Paule. Paule hatte seine Puppen aus Pappmaché mitgebracht. Die bastelte und bemalte er selbst und steckte sie auf kleine Holzstöckchen. Er hatte eine ganze Kiste voll dabei, stellte sie alle der Reihe nach auf, und plötzlich stand da eine ganze Puppengesellschaft. Auch einen Teufel hatte er und eine Hexe.

Lilli und Elfi schauten nur ganz kurz rein, um sich ihr Stück Kuchen zu sichern. »Ist die Hexe die einzige Frau in eurem Männerklub?«, fragte Elfi. Max ignorierte seine Schwester und sagte zu Paule: »Du hast immer noch keinen Clown.«

»Die gibts nicht auf der Straße«, sagte Paule, »Ich hab noch nie einen Clown auf der Straße herumlaufen sehen.« Max glaubte ihm nicht: »Hexen und Teufel seh ich da aber auch nicht so oft.« Er war drauf und dran, Paule mal einen echten, lebendigen Clown zu zeigen: sich selbst. Hätte er jetzt weiße, schwarze und rote Schminke gehabt, er hätte spontan eine Nummer aufgeführt. Statt dessen sagte er zu Paule: »Bau doch mal einen Clown.« Paule grinste: »Den nenn' ich dann Max.«

Elfi lachte beim Hinausgehen. Ins Theater wäre sie auch gern gegangen. Aber Clowns konnte sie nicht ab. »Clowns find ich das Allerletzte«, sagte sie beim Abendessen. Mutter hatte sich gerade in den Daumen geschnitten und lutschte daran. »Verschluck dich nicht«, sagte der Vater, und Mutters Augen blitzten. Elfi wiederholte ihren Satz und sagte: »Clowns sind so hässlich und können garnix.«

Max war sauer: »Die können wohl was, du Pute!« Ihm war der Appetit vergangen, dabei hatte Mutter extra zur Feier des Tages Kartoffelsalat mit Bockwürstchen gemacht. Der Vater pustete über Mutters Schnitt, wickelte ihr ein Pflaster um den Daumen und sagte mit einem kurzen Seitenblick auf Max: »Was redest du da, Elfi? Es gibt sehr kluge und schöne Clowns. Ich hab euch doch schon so oft von den Weißclowns erzählt.« Elfi guckte ihn bloß an und zuckte mit den Schultern.

»Gut, dann erzähl ich es eben nochmal«, sagte Vater, »Im Zirkus sind die Rotclowns, die Auguste, mit der großen Klappe und den Latschfüßen oft in der Überzahl. Es gibt aber auch die Weißclowns, die Pierrots. Die sind richtige Schönlinge, treten weiß geschminkt und in seidenen Kostümen auf und haben einen ganz anderen, trockenen Witz. Sie sind manchmal der Gegenspieler oder der Chef des August, spielen aber auch tragische Rollen oder Musikinstrumente.«

Elfi zog ein Gesicht. Sie konnte sich den frechen Max nicht als tragischen Clown vorstellen. Und schön? Sie konnte da nur lachen. Wie krumm der Kerl da am Tisch saß und schmollte. Immer verdrehte er die Augen, wenn sie was sagte. Jetzt streckte er ihr sogar heimlich die Zunge heraus... Da fehlte nur noch die rote Nase. »Wer einen Clown spielen will, darf selber keiner sein«, sagte Elfi spitz. Sie wusste gar nicht, woher sie das wusste. Sie lächelte. Ihr gefiel der Satz.

Die Sache mit dem Theater ging Max seit Lillis Erzählung nicht mehr aus dem Kopf. Er hätte das auch gerne mal erlebt: dass ein Schauspieler nur für ihn spielte, ihn mit seinen Faxen zum Lachen brachte und er mit seinem Gelächter den Schauspieler ansteckte. Und das ganze Publikum lachte mit ihm. Und er mittendrin in all dem Gelächter. Vielleicht bekäme er sogar Applaus.

Er beneidete Lilli. Einmal, sie waren zufällig alleine, fragte Max: »Sag mal, wie bist du überhaupt ins Theater gekommen?« Lilli musste nicht lang nachdenken: »Ach, das war Papa. Wir saßen beim Essen und er sagte, ›Lilli, du musst mal was anderes sehen, dauernd diese Fernsehhockerei, nächste Woche gehst du mit ins Theater.‹

Mama hat mir dann erzählt, dass bei den Aufführungen immer viele Leute sind. Trotzdem wird es im Theater schnell ruhig, wenn das Licht ausgeht. Dann hebt sich langsam der Vorhang. Und dann sieht man plötzlich in eine ganz andere Welt. Da sind Leute auf der Bühne, die kennt man anfangs gar nicht. Dann sieht man, was sie tun und was sie sagen.

Die Leute verändern sich mit der Zeit. Die Bühne aber auch. Da verschwinden auf einmal Wände oder neue Wände kommen dazu. Dann wird was von unten hochgefahren oder von oben heruntergelassen. Oder die Bühne dreht sich auf einmal. Auch wenn ich gar nichts vom Stück kapiert hab, hatte ich immer was zu gucken.«

Max sah Lilli mit großen Augen an. Er merkte, was für ein tolles Erlebnis das für Lilli gewesen sein musste. Sie erzählte munter weiter: »Mittendrin gab es eine Pause, da haben wir die Beine ausgestreckt und Papa hat mir einen Saft spendiert. Und als es weiterging, hab ich darauf geachtet, ob es was Neues gibt. Mama hatte erzählt, dass die Bühne nach der Pause immer ganz anders aussieht.« Lilli war kaum noch zu bremsen und erinnerte sich an immer neue Details. »Wenn ich groß bin, will ich zum Theater«, sagte sie zum Schluss.

Max guckte, schluckte und dann kams: »Kann ich mal mitkommen? – Und Elfi?«, fügte er hastig hinzu. Lilli tat so, als ob sie angestrengt darüber nachdenken müsste, dann aber grinste sie und sagte: »Klar. Aber nur, wenn deine Eltern es auch erlauben.«

Ehe Lilli am Freitag in den Zug stieg, steckte ihr Max einen Zettel in die Tasche. Sie merkte es, sagte aber nichts. »Machts gut, es war schön bei euch!« Dann war sie fort. Als sie schon fast in Frankfurt war, erinnerte sie sich an Max' Zettel:

Ich möchte gern in das Theater,
Wann, sage mir und nicht dem Vater.

Max war nicht nur ein Clown, er reimte auch oft und am liebsten ganz spontan, wie neulich zu Mittag:

Ich ess am liebsten Hühnerbrühe,
Die macht mit Kauen keine Mühe.

Zuvor hatte Lilli geflüstert: »Das war wohl 'ne ganz olle Kuh, die nicht mehr stehen konnte.« Das Suppenfleisch war wirklich zäh gewesen, und sie hatte über Max' Vers gelacht. Sie hatte den Max gern, obwohl er manchmal nervte. Daheim erzählte sie den Eltern von seinen Streichen. Dann legte sie Max' Zettel auf den Tisch. Papa las ihn mit gerunzelter Stirn: »Warum soll ich Herbert nichts erzählen?«

»Max sagt immer, der versteht nur Fußball«, sagte Lilli. »Wer Fußball versteht, versteht auch Theater«, sagte Papa und: »Guter Fußball ist das wahre Drama.« Mama und Lilli lachten: Wieder so ein Männerspruch. Aber da war Lillis Papa schon in sein Arbeitszimmer gegangen. Er kam mit einem bunten Heft zurück: »Schick das bitte mal dem Max.« Es war der Spielplan für's Theater.

Lillis Umschlag war die erste Post, die Max für sich allein bekam. *Herrn Max Gerner* stand darauf. Der Brief war ganz schön dick. Max las laut: »Herrn Max Gerner.« Klang nicht schlecht. Er riss den Umschlag auf und rief:

»Mann! Vom Theater!« Dann stand er einen Augenblick staunend da, dachte: *Gut, dass Elfi bei Jutta ist, die hätte das Heft glatt eingesackt.* Die Mutter rief aus dem Wohnzimmer: »Max, war die Post da?« Max tat, als hätte er sie nicht gehört, schlich in sein Zimmer und blätterte in dem bunten Heft. Da standen große Wörter: Saison, Ensemble, dann: Intendant, Schauspieldirektor. Operndirektor, Abonnement, Vorverkauf, Abendkasse.

Was war das alles? Dann noch all die Bilder mit den Gesichtern: Junge, alte, schöne, ernste, komische, lustige, frische, faltige, grinsende, lachende, Männer und Frauen durcheinander. So eine lange Reihe von Gesichtern hatte er noch nie gesehen. Seitenweise nur Gesichter. Er konnte sich an ihnen gar nicht satt sehen: wie verschieden sie waren, wie gut sie alle aussahen, was sie von sich zeigten. Viele waren ernst, andere lustig, manche wild. Einige waren einfach nur schön oder gar nicht schön, dafür aber interessant. Es gab welche, die nahmen ihr Alter wohl ganz gelassen hin. Andere wollten anscheinend jünger wirken, als sie waren.

Max lächelte und zog Grimassen, als er die Bilder ganz genau betrachtete: Es gab Männer mit offenem Hemd, mit wilden oder beschnittenen Bärten, mit kurzen oder gebündelten Haaren. Manche Frauen trugen ihre Blusen halb offen, hatten ganz hohe oder lockige Frisuren. Oder sie trugen die Haare ganz glatt und Max konnte ihre Gesichter dadurch besonders gut erkennen. Die Leute auf den Bildern schienen zu rufen: *Hier bin ich, seht mich!* Erst beim Vor- und Zurückblättern merkte er, dass die Frauen und Männer auf den Fotos Schauspieler waren: *Unser Ensemble* stand über den Seiten. Er begriff, was *Ensemble* bedeutete: alle Schauspieler.

Als er weiterblätterte, fand er noch andere Menschen in dem Heft, die aber keine Schauspieler waren. Er las: Regisseur, Dramaturg, Bühnenbildner. Was machten die?

Er blätterte einige Seiten vor und sah in nochmal so viele Gesichter. Aber die waren ernster, blickten ganz anders in die Kamera als die Schauspieler. Sie wirkten auch viel ordentlicher: schöner frisiert, feinere Kleider. So, als wollten sie sagen: *Kennen Sie mich noch nicht? Ich bin jetzt hier.* Max fand sie fast ein wenig eingebildet. Dann bemerkte er die Überschrift: die waren alle bei der Oper.

Max blätterte noch einige Male hin und her. Er merkte, da waren Unterschiede. Doch er konnte sie sich nicht erklären. Er spürte, dass jedes dieser Gesichter eine ganz eigene Geschichte hatte. Wäre er schon dreißig Jahre älter und bereits Intendant des Theaters, hätte er womöglich gesagt: »Ein Ensemble muss die Vielgesichtigkeit des Menschengeschlechts widerspiegeln.« Im Moment war er aber erst dreizehn und wusste nicht, was das Wort *Intendant* bedeutete.

Was war das für einer, der Intendant? Sein Bild war so groß und so weit vorne im Heft. Welche Rolle spielte er? War das der allerwichtigste Mann im Haus? Max spürte: Das Theater war eine ganz eigene Welt. Da waren so viele Menschen, die andere Menschen spielten. Plötzlich hatte Max das Gefühl, als sei er von ganz vielen Leuten umringt.

Er fühlte sich bedrängt und lief zur Mutter. Er tat so, als hätte er sie erst jetzt gehört, und sagte: »Schau mal, das hat mir Lilli geschickt.« Die Mutter griff nach dem Heft, das Max fest in der Hand behielt, drehte es um; sie wollte sehen, was er da habe, sagte dann: »Ach, vom Theater?«

Max konnte längst noch nicht alles zuordnen. Er hatte aber schon bemerkt, dass bei den Schauspielern in fünf Reihen je acht Bilder waren. »Da sind vierzig Leute«, sagte er und deutete auf die Bilder. »Du meinst die Schauspieler?«, Mutter erklärte, was ein Schauspieler macht. Sie kannte sie ja vom Fernsehen und sie gingen hin und wieder auch ins Kino: »Sie spielen ihre Rollen.«

Max sah sie fragend an: »Was sind Rollen?« Da kam Mutter schon ein wenig ins Schleudern: »Jaaaaaa, Rollen. Rollen sind die Personen, die sie zu spielen haben. Wenn einer einen alten Opa oder einen König spielt, das ist seine Rolle.« Naja, das war wieder mal so eine Antwort, die Max nicht genügte. Er hätte fragen können, aber wieso *Rolle*? Für ihn war eine Rolle was ganz anderes, das würde er noch herausfinden müssen. Doch er kam gleich zur nächsten Frage: »Spielen die alle auf einmal?« Mutter schüttelte nur den Kopf und goss noch Wasser auf die Kartoffeln.

Da kniff Max ein Auge zu und sagte: »Ich glaub', da sind viel mehr Leute drauf!« Die Mutter sah Max verwundert an: »Was meinst du mit mehr?« Max merkte, dass die Mutter ihn nicht verstand. Also nochmal von vorn: »Wenn jeder der vierzig Schauspieler vier verschiedene *Rollen* spielt, dann sind es doch eigentlich einhundertundsechzig Personen. Nicht?«

»Na, wenn du das so betrachtest, dann sind da vielleicht wirklich mehr Leute abgebildet, als man sieht«, sagte Mutter. Auf so eine Idee war sie noch gar nicht gekommen: dass in all diesen Menschen noch mehr Menschen steckten, die man auf Anhieb nicht sehen konnte.

»Hier gibt es noch mehr. Guck mal.« Max blätterte an die Stelle, wo am Seitenanfang das Wort *Oper* stand und sagte: »Die von der Oper.« Das hatte Mutter bestimmt noch nicht gesehen oder sich überlegt. Er konnte ihr was zeigen, das sie noch nicht kannte. Aber dann rutschte ihm die Frage heraus: »Was ist eine Oper? Ist das auch sowas wie das Schauspiel?«

Doch darauf wusste die Mutter eine Antwort: »Ach, das weiß ich. In der Oper singen sie. Im Schauspiel sprechen sie nur.« Max war überrascht, dass die Mutter doch so gut Bescheid wusste, obwohl sie noch nie im Theater gewesen war. Trotzdem war er mit ihrer Antwort nicht ganz zufrieden. Das war grade so, als wenn er gefragt hätte, wodurch sich ein Storch vom Löwen unterscheidet und als Antwort gäbe es nur: Der Löwe hat vier Beine, und der Storch hat zwei.

Aber er wusste, dass Mutter manchmal fuchtig wurde, wenn er sie zu sehr löcherte. Also machte ein ernstes Gesicht, atmete tief, wie er es mal in einer Fernsehsendung beobachtet hatte, und fing an zu schmettern: »O ich möchte auch mal opern, ich möchte auch mal König sein.«

Die Melodie kam Max von selbst in den Kopf, das mit dem König fiel ihm ein, weil er auf einem der Bilder einen bärtigen Mann gesehen hatte, der den Mund weit aufgerissen hatte. Er trug einen langen roten Mantel und eine Krone auf dem Kopf. Das musste ein König sein. Er konnte sich aber gar nicht vorstellen, warum ein König dauernd singen würde. Komisch war das schon. Aber in der Oper musste das wohl so sein.

Dann hatte Max doch noch eine Frage an seine Mutter. Er deutete auf eine große Doppelseite mit den vielen bunt eingezeichneten Reihen: »Was ist das?« Die Mutter reckte den Kopf vor und sagte: »Das ist der Sitzplan. Da kannst du dir aussuchen, welchen Platz du haben willst, den in der roten, gelben, blauen oder grünen Reihe. Hinten oder vorne.« Max deutete auf einen Platz in der gelben Reihe, ganz vorne, unmittelbar hinter dem Wort *Bühne*. Erste Reihe Mitte: »Da will ich sitzen.« Mutter lachte vergnügt: »Ach Max, das sieht dir mal wieder ähnlich. Das ist bestimmt das Teuerste«, sagte sie und rückte den Topf mit den Kartoffeln, die mittlerweile kochten, auf dem Herd zurecht.

Max zählte die Reihen ab, um auszurechnen, wieviele Plätze es in dem Raum ab. Dreimal fing er von vorne an, dann pfiff er leise: Sechshundertachtunddreißig Leute passten da rein. »Das sind ja mehr Leute, als bei uns zur Schule gehen«, dachte er, nahm einen Filzstift und markierte *seinen* Platz, erste Reihe Mitte, mit einem dicken roten Kringel.

Jetzt merkte er, dass er wieder von Wörtern umgeben war, die fremd waren. *Sperrsitz*: was sollte das sein? Waren das abgesperrte Plätze? *Orchestersitz*: saß da das Orchester, mitten unter den Leuten? Da stand aber auch: *Orchestergraben*. Saßen sie also im Graben, oder war ein Graben vor dem Orchester? Dann las er: *Loge* und *Parkett*. Parkett, das kannte Max. Der Boden im Wohnzimmer war auch Parkett. Mutter stieß immer laute Warnrufe aus, wenn er mit seinem Bagger drüberfuhr, weil er dort eine Baustelle errichtet hatte: »Verkratz' mir ja nicht das Parkett!«

Sowas haben wir also auch in der Wohnung?, dachte er. *Aber sitzen die Leute in der Oper auf dem Parkett? Und schimpfen die Leute von der Oper mit dem Publikum, wenn es versehentlich einen Kratzer reinmacht?* Das kam ihm schon alles sehr komisch vor. Beim Stichwort *komisch* fiel ihm wieder das Diktat vom letzten Jahr ein, bei dem er Herrn Stimpel mit der falschen Schreibweise so geärgert hatte. *Komisch. Komm ich? Komm ich ins Theater? Wie komm ich da rein?*

Er musste einfach da rein, er wollte ein Theater mal von innen sehen. Damit er in aller Ruhe erforschen konnte, wie das mit den Plätzen ist und was es da noch alles gab.

Nachmittags rief er Lilli an: »Guten Tag, Frau Lilli, hier ist der Opernsänger«, sagte er, als sie sich meldete. »Wer?!« In Lillis Kopf rumorte es. Was hatte sie denn mit einem Opernsänger am Hut? Und woher hatte er ihre Telefonnummer? Sie zitterte, aber dann war ihr Misstrauen geweckt: Hatte ein Opernsänger eine so hohe, brüchige Stimme? »Wie heißen Sie denn?«, fragte sie mit gespielter Schüchternheit.

»Hier ist der Opernsänger Max!«

»Max! Du oller Clown!«, rief Lilli erleichtert, »was brauchst du?«

»Lilli, gehst du mit mir in die Oper? Fragst du deinen Vater, ob er uns mal mitnimmt? Bitte?«

Lilli staunte. Der krächzende Max, dem die Stimme immer überkippte oder runterrutschte, ein Opernsänger? War das wieder so ein Streich, wie mit den Bauklötzchen auf dem Stuhl? »Was willst denn *duuu* in der Oper?« Da fiel ihr der Spielplan wieder ein! Den hatte sie ihm selbst geschickt! Das hatte sie jetzt davon: Max hatte angebissen. Sie lächelte über ihren Erfolg. »Also, ich frag mal«, sagte sie halb ärgerlich, halb erfreut. Sie bekam jetzt selber so richtig Lust, bald wieder ins Theater zu gehen. Von Elfi hatte Max nichts gesagt. Ob er sie am Ende gar nicht dabei haben wollte?

Nachdem Lilli aufgelegt hatte, fiel Max gleich noch was anderes ein. Wenige Minuten später saß er vor dem Plattenschrank seiner Eltern im Wohnzimmer und zog eine Schallplattenhülle nach der anderen aus Vaters sorgsam geordnetem Regal. Die Mutter stand sofort in der Tür: »Was hast du denn hier zu suchen?« Max guckte zu ihr hoch: »Haben wir 'ne Schallplatte mit 'ner Oper drauf?«

»Oh, das kann ich dir jetzt gar nicht so genau sagen.« Die Mutter geriet ins Grübeln. Hatten sie sowas? Hatte ihre Schwester Hilde, Hildchen, ihr nicht mal diese eine Platte zu Weihnachten mitgebracht? Es klang ihr noch im Ohr, weil sie so verschmitzt gesagt hatte: »Wo ihr doch jetzt die neue Anlage habt.«

Sie suchte die Platte heraus, las *Madame Butterfly*, konnte das aber nicht übersetzen und auch gar nicht so richtig zuordnen. Einmal hatte sie Hildchens Geschenk aufgelegt, aber bald hatte Herbert gestöhnt: »Ella, mach doch bitte das Gegröhle aus!« Dann fiel ihr noch was ein: die große Doppel-LP mit der blumengeschmückten Hülle.

Sie holte sie aus dem Plattenschrank, legte sie auf und drückte den Startknopf. Oh, das hatte sie ja schon ewig nicht mehr gehört, diese Stimme, die immer stärker wurde und einen richtig mit in die Höhe zog: »Immer nur lächeln und immer vergnüüüügt...«

Mutter strahlte Max an: »Ach guck an, das ist ja schon hundert Jahre her. Wir hatten ein tolles Hotel in München, waren am Viktualienmarkt spät frühstücken, gingen im Englischen Garten spazieren und für abends hatte uns Hildchen Karten für einen Operetten-Liederabend besorgt.« Es war wunderbar gewesen. Sie hatte ausgiebig mit dem stattlichen Sänger geflirtet, wenn er doch mal zu ihr guckte. Zum Schluss hatte er ihr zugezwinkert, da war sie sich sicher. Danach hatten sie sich im Foyer ein Glas Sekt gegönnt und sie hatte dieser Platte einfach nicht widerstehen können... Eben überlegte sie, wann das gewesen war, da fragte Max: »Sind Oper und Operette das selbe? Wo ist der Unterschied?«

»Operette ist viel leichter und lustiger als Oper und meist geht die Geschichte gut aus«, sagte Mutter, »Viele Sängerinnen und Sänger von der Oper singen aber auch Operetten.« – »Und umgekehrt?«, fragte Max und brachte Mutter glatt in Verlegenheit: »Jetzt hast du mich aber erwischt. So genau weiß ich das auch nicht. Ich bin immer ins Kino gegangen, das ging auch nicht ganz so sehr ins Geld.« Mutter spürte, bei Max fing jetzt das Fragen an. So manches würde sie ihm womöglich gar nicht beantworten können: »In Kinofilmen wurde aber auch immer viel gesungen. Es gab Revuefilme mit Paul Hubschmidt oder Margit Saad, in denen Musik eine große Rolle spielte, aber auch ganz viele Verfilmungen von Opern und Operetten.«

Sie war verwundert, wie sehr sich Max plötzlich fürs Theater interessierte. Andererseits, er hatte auch länger als andere Kinder mit seinen Kasperlepuppen gespielt – und dann war da ja noch die Sache mit den Clowns.

Max legte die Platte nochmal auf und summte die Melodie nach. Als er in sein Zimmer ging, fing er an zu schmettern: »Immer nur lächeln...« Er krächzte nicht mal. Er spürte nur, dass er mehr Luft in den Brustkorb pumpte. Er atmete auf einmal ganz anders. Die Töne kamen viel besser, klarer und aus irgendeinem Grund bekam er beim Singen viel bessere Laune als sonst.

In den nächsten Tagen wurde das ganze Haus darüber aufgeklärt, dass man immer nur lächeln sollte. Auch Paule gefiel das und schon bald schmetterten sie zu zweit. Immer wenn die Mutter schrie, sie würde die beiden demnächst in den Keller sperren und den Schlüssel wegschmeißen, oder Elfi tobte, »Haltet endlich die Klappe!«, drehten Paule und Max erst recht auf. Oft ging Max noch spätabends auf den Balkon und schmetterte zu Paules Balkon hinüber, er solle »immer nur lächeln.« Paule erschien prompt und gröhlte dann auch gleich zurück, auch Max solle immer nur lächeln...

Sie kamen nicht über die ersten vier Zeilen des Refrains hinweg, machten ihre Textschwäche aber mit so viel Ausdauer und Lautstärke wett, dass die Nachbarn anfingen, sich zu beschweren. Max und Paule wollten Opernsänger werden. Unbedingt. Nachdem am späten Sonntagabend die dritte Nachbarin in Folge Sturm geklingelt und Max' Vater zur Rede gestellt hatte, weil sie auch mal schlafen wollte (»Es sind doch nur Kinder.« – »Irgendwann ist auch mal *gut*, Herr Gerner!«), ließ Vater ihn im Wohnzimmer antreten. »Ich will doch Opernsänger werden und muss üben«, sagte Max ganz geknickt.

Der Vater seufzte: »Mensch, Max«, sagte er, »immer mit der Ruhe. Wart doch erst mal ab, bis du durch'n Stimmbruch durch bist. Ich hab dir das doch erst neulich erklärt.« – »Geht das Singen dann noch besser?«, fragte Max.

»Naja, kommt darauf an. Es ist spät. Geh jetzt bitte ins Bett und gebt endlich Ruhe, ja? Morgen ist Schulanfang. Ich fänd' es schön, wenn das Zeugnis im kommenden Jahr zur Abwechslung mal ein wenig besser aussehen würde«, sagte der Vater und verschanzte sich hinter seiner Zeitung.

Max war empört. Was war das für eine Antwort? Was sollte der Seitenhieb auf die Schule? Und: Was wusste der Vater überhaupt? Der hatte doch keine Ahnung.

Vor dem Einschlafen blätterte er im Programm und entdeckte wieder neue Wörter. Er las *Inspizient, Beleuchter* und *Tonmeister.* Wie groß war dieses Theater eigentlich? Wieviele Berufe gab es da? Das war ja eine halbe Stadt.

Der Wunsch zum Wandertag

Am ersten Tag im neuen Schuljahr hatten sie den ganzen Vormittag über Herrn Stimpel, der ihr Klassenlehrer war: »Spitzt mal alle die Ohren: Am 30. August ist Wandertag. Wir könnten nach Frankfurt fahren und dann auf dem Main zur Gerbermühle schippern. Der große Frankfurter Dichter Goethe ist da öfter zu Besuch gewesen und hat darüber Gedichte geschrieben.«

Der Klassenprimus zeigte auf: »Wollen wir mit der Gerbermühle nicht lieber warten, bis Goethe auch wirklich im Unterricht dran ist?« Die Klasse trommelte Zustimmung. »Na guut«, sagte Herr Stimpel mit der eiskalten Stimme, mit der er oft Diktate und Zusatzaufgaben ankündigte, »wir können auch gerne wieder ein paar schöne Stunden im Palmengarten verbringen.«

Da fuhr ein Schreck durch die Klasse. Im Palmengarten waren sie vergangenes Jahr schon gewesen, zusammen mit Frau Dr. Schlösser, der Biolehrerin mit dem knallroten Brillengestell und der brennenden Leidenschaft für Kakteen. Zwei Stunden lang waren ihnen größtenteils lateinische Bezeichnungen um die Ohren geflogen. Die Schlösser hatte keine Ruhe gegeben, bis sie ihnen nicht jede einzelne Kaktee persönlich vorgestellt hatte. Als anfangs das Wort *Schwiegermuttersitz* fiel, kicherten noch einige, doch bald mussten auch sie ihr Gähnen unterdrücken.

Max hatte nur eine Gattung im Kopf behalten, die *Mammillaria*. Kleine, stachlige Gewächse. Sie erinnerten ihn an Elfi. Wenn sie sich sträubte und ihre Stacheln zeigte, sagte er nur: »Mammillaria«. Das schoss ihm durch den Kopf als er rief: »Bloß nicht nochmal Palmengarten!«

Die Klasse nickte, selbst der Primus schauderte, und alle mussten an Frau Dr. Schlösser denken: »Der schönste Kakteengarten in ganz Deutschland«, hatte sie mehr als einmal gerufen und dann kam der nächste lateinische Begriff. Herr Stimpel lächelte zufrieden: »Also gut, hat irgendwer einen besseren Vorschlag?«

Da meldete sich Max nochmal: »Könnten wir mal ins Theater?« – »Ins Theater?«, sagte Herr Stimpel. »Das ist ja interessant. Wie kommst du denn darauf? Warst du schon mal im Theater?«

»Nein, eben deshalb«, sagte Max und begann zu erzählen: »Ich hab den neuen Spielplan in die Finger bekommen.« Er nannte einige Titel von Stücken, die er behalten hatte: *Was Ihr wollt* und *Der eingebildete Kranke.* »Und irgendwas vom Besuch einer alten Frau...« Herr Stimpel sagte: »Ach, du meinst sicherlich *Der Besuch der alten Dame.*«

Max versuchte, sich nichts anmerken zu lassen und sagte »Genau, das«, wusste aber außer den Titeln nicht viel von den Stücken. Da rutschte ihm auf einmal der Satz heraus: »Herr Stimpel, das Theater ist eine Bildungsanstalt wie die Schule.« Weiß der Teufel, woher er das hatte, vielleicht aus dem Vorwort des Intendanten. Er wunderte sich selbst, als das rauskam. Herr Stimpel staunte nicht schlecht, die ganze Klasse guckte verdutzt. Die Abstimmung ergab: »Also gut, Theater. Ich werde versuchen, einen Termin für eine Führung zu vereinbaren.«

In der Pause standen sie alle um Max herum und löcherten ihn mit Fragen; er musste alles erzählen, was er vom Theater wusste: »Da gibt es auch richtige Werkstätten, einen Malersaal und ganz viel Technik. Fast wie in einer Stadt.« Die anderen staunten, und Max genoss die Aufmerksamkeit, die er all den Sachen in Lillis Heft verdankte. Ach verdammt, das mit der *Maske* hatte er ganz vergessen... Die hatten da eine Abteilung, die *Maske* hieß. Wurden da Masken hergestellt? Hätte er sich als Clown dort sein Kostüm und seine Maske abgeholt? Trugen Opernsänger auch Masken? Aber wie sollte man damit singen?

Er kannte das ja von der Fastnacht, wenn er eine Maske auf hatte, unter der man so fies schwitzte und nicht richtig sprechen konnte. Und die sollten sogar singen mit Maske? Jetzt wusste er schon so viel vom Theater und noch immer gab es da Geheimnisse. Er musste unbedingt in die *Maske*.

Der Ausflug ins Theater fand dann doch nicht statt. »Sie können das leider nicht einrichten«, hatte Herr Stimpel gesagt, aber sicher dachten die, ihr Theater sei nichts für einen Wandertag. So gingen sie doch wieder in den Palmengarten und Frau Dr. Schlösser kam natürlich mit. Sie hatte wieder ihre rote Brille auf und trug eine rote Bluse mit lauter kleinen Kakteen drauf. Und Paule reimte:

Willst Du Dir die Welt besehn,
kriegst Du Schlösser'sche Kakteen.

Herr Stimpel hatte aber nicht vergessen, wie begeistert die Klasse reagiert hatte. Das hatte ihm gefallen. Damit konnte er was anfangen. Ende September sagte er: »Lasst die Hefte stecken, wir machen was Neues. Wir starten ab heute unser Theaterprojekt und tauchen ein in eine Welt, die wir noch gar nicht kennen, die aber wichtig ist für unseren Geist.«

Paule rief: »Mein Vater taucht im Geist des Weines!«

Herr Stimpel konterte: »Man muss nicht im Wein tauchen, um sich zu berauschen! Das geht auch im Theater.« Der Primus verzog das Gesicht, Kurt lachte freudig, Max war Feuer und Flamme und die Mädchen auch. Nur Paule fragte: »Müssen wir dann alle schauspielern?«

Herr Stimpel sah ihm fest in die Augen: »Du spielst doch schon den *Mann mit der Klappe.*« Da lachte die ganze Klasse, sogar Paul.

Herr Stimpel hatte auch schon einen ersten Termin: »Am 10. Oktober fahren wir ins Theater. Wir müssen nicht mal früher aufstehen, denn ein Theater erwacht erst morgens um zehn, weil sie abends so lange spielen. Das hat mir die Dame am Telefon erzählt.«

Max dachte: *Oh Mann. Wir müssen morgens um viertel vor sieben raus, und die ...* Er wollte abends ja auch nie ins Bett – wie die Leute vom Theater. Vielleicht schimpfte Vater deswegen so oft: »Lass das Theater. Du musst morgen früh raus!« Max nahm sich vor, zu fragen, warum Theaterleute so spät ins Bett kamen und ob sie nach dem ganzen Trubel überhaupt einschlafen konnten.

Und wie war das eigentlich, wenn ein Schauspieler eine Rolle spielte wie den *Dr. Faust* – jetzt fiel ihm noch ein Begriff aus dem Heft ein – wie schläft der dann ein? Als der Dr. Faust oder als der, der er wirklich ist? Die eigene Frage kam ihm auf einmal seltsam vor.

Er merkte, dass er den Namen des Schauspielers glatt vergessen hatte. Die Namen der Rollen hatte er viel leichter behalten, als die der Schauspieler. Da musste sich einer wohl ziemlich anstrengen, wenn er so bedeutend und wichtig werden wollte wie seine Rolle.

Max war verwundert, wieviel er neuerdings über das Theater nachdachte. Nur in einem war er sich sicher: Wenn ein Opernsänger einschläft, singt er bestimmt nicht. Ob der vielleicht im Traum weitersingt? Wie Paule und er: *Immer nur lächeln ...*

Dann kam der 10. Oktober. Sie fuhren nach Frankfurt. Um Punkt zehn standen sie auf dem Theaterplatz. Herr Stimpel hob den Kopf und zählte mit ausgestrecktem Finger. Der Primus fehlte. Kopfschmerzen. Er hatte schon während der Ankündigung die Augen verdreht und hinterher auf dem Schulhof betont, wie sehr ihn Theater anöde. Vor allem nach der Opern-Aufführung, zu der ihn seine Eltern gezwungen hatten: »Das war soo öde. Da fährt dieser Lohengrin auf seinem Schwan daher, seine Flamme heißt Elsa. Mutter kriegte sich fast nicht mehr ein. Das ging noch tagelang: Lohengrin hier, Lohengrin da. Dabei war die Musik so laut, dass man kaum was mitkriegte. Dauernd haben die sich angesungen, der Lohengrin und seine Elsa, und sich noch nicht mal angeguckt dabei.«

Einen Satz hatte der Primus behalten: »*Nie sollst du mich befragen...* Das denk ich mir auch immer, wenn der Kurzmüller mich vor an die Tafel zitiert.«

»Vielleicht hat der Herr Lohengrün den Kurzmüller auch schon in Mathe gehabt«, meinte Paule.

»Ach, was... Klappe!« Da hatte der Primus noch gegrinst. Jetzt hatte er Kopfschmerzen.

An der Theaterpforte wartete schon von eine junge Frau mit Strubbelkopf auf sie, die Pulli und schwarze Cordhosen trug: »Hallo, ich bin Birgitt Krafft, ihr dürft mich aber einfach Birgitt nennen. Ich mache die Öffentlichkeitsarbeit für unser Theater.«

»Was machen Sie da genau?«, fragte Adrian.

»Ich vermittle das Theater nach draußen und ...«

»Ist das so was wie die Vermittlung beim Telefon?«, hakte Kurt nach.

Birgitt lächelte eisern und sagte: »Nein, nein, wir geben Neuigkeiten an die Presse weiter, kündigen das Programm an und machen auch Werbung. Wir gehen aber auch in die Schulen, und erklären, welche Stücke es bei uns zu sehen gibt.« Paule wollte eigentlich die Klappe halten, fragte aber dann doch: »Auch den Lohengrün?«

Birgitt schüttelte den Kopf: »Das ist von der Oper, dafür ist mein Kollege Konrad zuständig.«

Aha, Birgitt ist also vom Schauspiel, dachte Max.

»Das läuft alles nebeneinander her. Wir haben strenge Spartentrennung«, sagte Birgitt.

»Spartentrennung«, sagte Herr Stimpel, »das müssten Sie meinen Schülern erklären.« Birgitt öffnete die Tür zum Eingang: »Also ... In unserem großen Haus gibt es drei Sparten: Oper, Ballett und Schauspiel. Sie arbeiten alle getrennt voneinander. Aber ich denke, wir gehen jetzt einfach mal rein und ihr seht euch mal gründlich bei uns um.«

Max konnte es kaum erwarten, er stand ganz nahe bei Birgitt, die jetzt allen Schülern winkte und »Kommt mit!« rief. Sie gingen durch eine Glastür, über der stand *Bühneneingang.* Gleich dahinter telefonierte ein bärtiger Mann, den Blick starr nach draußen gerichtet. Birgitt winkte ihm zu und sagte zur Klasse: »Das ist Herr Hebestreit, unser Pförtner.« Der nickte ihnen zu. Sie durften rein. Aber Birgitt lotste die Gruppe erst mal in die Kantine: »Setzt euch bitte erst mal. Ich erzähl euch was über unser Theater.«

Unser Theater sagte sie, als gehörte es ihr. Sie ratterte die Fakten herunter: Wann gebaut, wieviel gekostet, wer schon Intendant gewesen war, wofür das Theater bekannt war, mit wieviel Geld allein das Schauspiel jährlich bezuschusst wurde. Da horchten alle zum ersten Mal auf: »25 Millionen?! Ganz alleine für das Schauspiel?«

»Ja, aber das ist eigentlich gar nicht so viel.« Birgitt zählte auf, was davon alles bezahlt werden musste. Einigen schwirrte jetzt schon der Kopf. Immer wieder sprach Birgitt von dem *teuren Apparat,* dass nur ein Bruchteil der 25 Millionen für den künstlerischen Betrieb, *für die Kunst* sei.

Max meldete sich: »Wenn die fünfzehn Prozent von 25 Millionen nur für die Kunst sind, was verdient dann ein Schauspieler?«

Birgitt schmunzelte: »Das sind nicht nur die Schauspieler. Der Intendant, die Dramaturgen und alle, die hinter der Bühne arbeiten, wollen auch ihr Geld. Die Regisseure kosten extra, ebenso der Bühnenbildner oder die Kostümbildnerin. Vor allem, wenn sie nicht fest angestellt sind. Ein ganzer Rattenschwanz an Kosten hängt da dran«, sagte sie, »Nicht nur die vierzig Schauspieler.«

Die Zahl *Vierzig* kam Max schon bekannt vor. Er sah wieder die vierzig Gesichter vor sich. Birgitt fuhr fort: »Vierzig feste Schauspieler braucht ein Haus unserer Größe. Wir haben drei Spielstätten: das Große Haus und das Kleine Haus und das Studio. Kommt bitte mit, die sehen wir uns jetzt mal an.«

Minutenlang wanderten sie durch graue Betongänge, passierten Türen, Flure, noch mal Türen, links, rechts, links, Treppe hoch, Treppe runter. »Keine Angst«, sagte Birgitt, »ich kenne den Weg. Man kann sich hier gründlich verlaufen. Ich habe vier Monate gebraucht, um mich zurecht zu finden. Theater sind Labyrinthe.«

An manchen Eisentüren sahen sie Aufschriften: *Achtung Elektro, Hochspannung, zur Unterbühne.* Eine Tür, auf der *Garderoben Damen* stand, war schon sehr abgewetzt und teilweise mit Plakaten überklebt.

Da öffnete Birgitt die nächste Tür. Vor ihnen lag ein weiter Raum – imponierend, gepflegt, aber leer. »Abends ist hier ein ganz schönes Gedränge«, sagte Birgit. »Das ist unser Foyer. Da finden auch die Diskussionen zu unseren Aufführungen statt.«

Paule strich gleich an der leeren Theke herum und rief: »Gibts hier auch Hamburger?« Alle lachten.

»Hamburger? Ja, wenn wir hier ein Gastspiel aus Hamburg haben, sind hier lauter Hamburger auf der Bühne«, sagte Birgitt verschmitzt.

Paule war sauer, richtig abgeschmiert. Kurt lachte am lautesten.

Birgitt war schon weitergegangen, nahm den Griff der nächsten Tür zur Hand, machte es spannend. Dann sagte sie: »Jetzt kommts.« Sie schob einen dicken Plüschvorhang noch etwas weiter zur Seite. »Das ist der Schallschlucker«, sagte sie beiläufig, und öffnete die Tür.

Alles drängelte sich hindurch, und dann standen sie im großen, stockfinsteren Zuschauerraum. Es dauerte einige Augenblicke, bis ihre Augen sich an das schwache Licht gewöhnt hatten. »Ooh«, machte Max, als er die vielen Stuhlreihen sah, und er war nicht der einzige. Wie weit das war, wie hoch das hinaufging. Sogar ganz da oben gab es noch Plätze.

Birgitt war ihren Blicken gefolgt: »Das sind die zwei Ränge. Die sind dazu gedacht, das Publikum nah an die Bühne zu rücken, damit die Schauspieler lauter Gesichter gegenüber haben. Im ersten Rang sind die teueren Plätze.«

Max fragte nach dem Platz, den er sich schon ausgeguckt hatte: »Was kostet denn die Erste Reihe, Mitte?« – »Tja, das sind die allerteuersten Plätze. Da sitzen die Leute, die gesehen werden wollen. Aber wer das Theater wirklich liebt und sich auskennt, würde da nicht sitzen wollen. Das ist zu nah. Wir sagen dazu *Rasierplatz*, weil man den Kopf immer halb hoch halten muss wie früher die Männer beim Friseur, die sich rasieren ließen.«

»Wo würden Sie denn am liebsten sitzen, Frau Krafft?«, fragte Herr Stimpel. »Sechste bis achte Reihe, Mitte«, sagte Birgitt und Herr Stimpel staunte: »Und warum gerade dort?« – »Weil da während der Proben das Pult des Regisseurs steht. Von dort aus stimmt die Perspektive.« Herr Stimpel nickte. Er würde es weitererzählen, und alle würden seinen Sachverstand bewundern. Auch Max merkte sich das. Er musste seinen Sitzplan korrigieren.

Rechts von ihnen erhob sich eine riesige graugrüne Wand. Eine kleine Treppe führte dort hinauf zu einem schmalen Podium, dorthin, bedeutete ihnen Birgitt, sollten sie hinaufsteigen, brav im Gänsemarsch. »Fallt mir ja nicht runter!«, rief Birgitt. Als Paule als erster oben auf dem schmalen Podest angekommen war, bemerkte er, dass die Wand aus Eisen war und trommelte gleich dagegen. Es dröhnte. »Das ist unser Eiserner Vorhang«, sagte Birgitt.

»Stehen da die Russen dahinter?«, rief eine vorlaute Stimme, die nur Paule gehören konnte. Er hatte da vor einigen Tagen was aufgeschnappt, als sein Vater Nachrichten guckte.

»Nee, nicht die Russen«, lachte Birgitt. »Der Eiserne Vorhang darf nur hochgezogen werden, wenn wir proben oder abends, wenn Theater gespielt wird.« Jetzt trommelten alle gegen die Wand, außer Herrn Stimpel. Der rief nur: »Nicht so laut«, als hätte er Aufsicht auf dem Schulhof.

Da wurde im Eisernen Vorhang plötzlich eine schmale Tür aufgerissen, ein zorniges Gesicht schaute heraus: »Was ist denn hier los? Ich dachte, es donnert. Sofort weg hier!« Die Tür flog wieder zu. Birgitt wirkte ungerührt: »Das war unser Bühnenmeister. Er muss darauf achten, dass die Bühne in Ordnung ist. Der eiserne Vorhang ist für den Brandschutz. Unsere Feuerwehr verlangt das, denn im Theater kann es recht schnell zu brennen anfangen. Doch die Feuerwehr hat auch noch eine ganz andere Aufgabe bei uns. Könnt ihr euch vorstellen, welche?«

Diesmal zeigte Rudi auf, der morgens öfters zu spät kam. Rudi war nicht nur der Längste in der Klasse, ihm standen die Haare immer senkrecht zu Berge, was ihn noch länger wirken ließ: »Macht vielleicht die Feuerwehr den Regen, wenn es auf der Bühne regnen soll?« Alle lachten, und Paule rief: »Da ist doch nur das Dach undicht. Da muss der Dachdecker her!« Rudi schnaubte, »Von wegen, Dachdecker ... Wenn die ein Stück spielen, in dem es regnet, muss es auch auf der Bühne regnen«, sagte er.

Er wusste das von seiner großen Schwester, die eines abends nach einer Vorstellung ganz aufgeregt nach Haus gekommen war und gesagt hatte: »Heute hats auf der Bühne sogar geregnet, das war toll. Die Leute im Publikum wurden ganz nass.« Dann fügte er an Birgitt gerichtet hinzu: »Sie meinte, der Regen war echt nass. Aber wie machen die das?«

»Gute Frage«, antwortete Birgitt. Dann klopfte sie dreimal in einem festen Rhythmus an die Wand. Der Bühnenmeister öffnete wieder die Tür, wirkte aber gleich netter. Birgitt sagte: »Wir müssten mal auf die Bühne.« Jetzt lächelte der Türöffner sogar: »Macht mal, wird grad eh nicht aufgebaut.«

Nicht aufgebaut, erläuterte Birgitt, bedeutete, dass die Bühne leer war und nicht hergerichtet wurde für die Aufführung am Abend. Heute war ein spielfreier Tag, Proben gab es keine und auch die Bühnenarbeiter hatten größtenteils frei. »Die schieben eh schon massig Überstunden«, sagte der Bühnenmeister.

Als die ganze Gruppe auf den etwas abgewetzt aussehenden schwarzen Brettern der Bühne stand, sagte Birgitt: »Hier wird abends gespielt. Wenn sich der eiserne Vorhang jetzt heben und die Scheinwerfer leuchten würden, wäre euer Einsatz als Schauspieler. Es müsste euch was einfallen, denn dort, wo wir herkommen, im Zuschauerraum, säßen jetzt die Leute, die etwas sehen wollen. Jetzt müsstet ihr anfangen zu spielen.«

Alle schauten betreten zu Boden, selbst Paule versuchte irgendwie, sich hinter seinem Vordermann zu verschanzen. Dann blickten sie alle hinüber zu Herrn Stimpel, der sich bereits bis zur Bühnenmitte vorgewagt hatte. Herr Stimpel spürte die Blicke auf sich und griff erst mal zu einem Taschentuch, um sich den Schweiß von der Stirn zu tupfen. An sich war er es ja gewohnt, vor der Klasse, vor seinem Publikum, zu stehen. Das war ja fast so etwas wie eine Bühne. Was schauten sie ihn so an? Blamierte er sich gerade? Er warf sich in Positur und rezitierte, was seine letzte Deutschstunde hergab:

Habe nun, ach! Philosophie,
Juristerei und Medizin
und leider auch Theologie
durchaus studiert mit heißem Bemühn.
Da steh' ich nun, ich armer Tor,
Und bin so klug als wie zuvor!
Heiße Magister, heiße Doktor gar-

Da verschluckte sich Herrn Stimpel gründlich und begann heftig zu husten. »Genug, genug«, krächzte er. Ihm war gerade aufgegangen, wie unpädagogisch die nächsten Zeilen waren:

Und ziehe so an die zehen Jahr,
herauf, herab, und kreuz und krumm,
meine Schüler an der Nase herum. -
Und sehe, dass wir nichts wissen können!

Ihn schwindelte. Wie konnte er nur vor Schülern ausgerechnet diesen Monolog aus Goethes *Faust* zitieren? Das war ja wohl die Faust auf's eigene Auge. Die Selbsthinrichtung als Lehrer. Preisgabe der Schule! Was hatte der olle Geheimrat sich dabei nur gedacht: *»Da steh ich nun, ich armer Tor, und bin so klug als wie zuvor.«* Stimpel hustete nochmal. Es war schon richtig, dass man Goethe erst in der Zwölften las, wenn die Rasselbande schon etwas reifer war, kurz bevor man sie ohnehin ins Leben hinausschickte.

Prompt rief auch der kleine Ludwig, der immer sehr teure Jacken trug, aber nicht weniger vorlaut war als Paule: »Herr Stimpel, ich wusste gar nicht, dass Sie so viel studiert haben, Juristerei und Medizin und Theologie.«

Alle lachten. Stimpel erwachte aus seiner Verwirrung und sagte: »Das war doch ein Zitat von Goethe, das kriegt ihr später mal.«

Da setzte Paule noch einen drauf: »Meinen Sie? Kriegen wir das später auch mal?« Sie mochten alle den Herrn Stimpel, aber die Witze über ihn konnten sie sich nur schwer verkneifen.

Die Frage mit dem Regen im Theater war schon fast vergessen. Aber nicht von Birgitt: »Schaut mal nach oben.« Ihr Finger zeigte schnurstracks in die Höhe. Alle legten den Kopf tief in den Nacken, weil sie so hoch hinauf sehen mussten: in das Dach des Bühnenhauses. Karl legte sich auf den Boden, weil er so leicht einen steifen Hals bekam. »Bühnenhaus«, sagte Birgitt, »nennt man die Bühne und den Raum dahinter.«

Die Klasse staunte: Da waren viele Gestänge, Brücken, Seile, Scheinwerfer, ein Gewirr, das man kaum begreifen konnte. Wie ein Himmel, nur mit lauter technischem Gerät. »Da oben«, sagte Birgit, »ist ein großer Wassertank, von dem viele Wasserleitungen mit kleinen Öffnungen wegführen. Wenn es wirklich mal brennt, öffnen wir den Tank, und dann rieselt das Wasser aus den Öffnungen, um das Feuer zu löschen. Denn die Feuerwehr braucht immer etwas Zeit, bis sie da ist, selbst die Feuerwehrleute hier im Haus. Man kann so aber auch den Regen auf der Bühne machen.«

Diese *Sprinkler-Anlage* – Herr Stimpel notierte sich den Begriff – war zwei Jahre zuvor versehentlich losgegangen und hatte die ganze Bühne und den Zuschauerraum unter Wasser gesetzt. »Die Feuerwehr musste alles abpumpen. Es hat acht Wochen gedauert, bis alle Schäden beseitigt waren«, erzählte Birgitt. »Kann man im Theater ertrinken, wenn man nicht grade verbrennt?« Das war wieder so eine typische Paule-Frage, die Birgitt mittlerweile gekonnt ignorierte.

Max betrachtete die Schaltpulte, Mikrophone, Bildschirme, die da am Rand der Bühne standen. »Braucht man das alles für eine Vorstellung?«

»Natürlich«, sagte Birgitt, »natürlich, es muss abends alles gesteuert werden, das Licht, der Ton – da oben im Turm hängen viele der Wände, die Vorhänge, die Kulissen für den Abend.« Sie zeigte hinauf, und alle legten noch einmal ihre Köpfe in den Nacken.

»Die werden heruntergefahren, damit man die Bühnenbilder schnell verändern kann. Der Inspizient, der an diesem Pult hier steht, sorgt dafür, dass die Vorstellung richtig abläuft. Er sagt an, wann es losgehen kann, er muss die Schauspieler aus den Garderoben rechtzeitig rufen, damit sie ihren Auftritt nicht verpassen und sich in der Kantine nicht beim Bier verhocken.«

Max spitzte die Ohren – das wurde ja immer interessanter. Da konnte einer, der einen Helden spielte, zwischendurch in die Kantine gehen und ein Bier trinken oder auch zwei und dann, wenn der Inspizient rief, wieder auf die Bühne zurückkommen und dann einfach seinen Text weiter aufsagen? Die Schauspieler saßen nicht dauernd hinter der Bühne und warteten auf ihren nächsten Auftritt?

Max spürte, wie seine Vorstellungen vom Theater immer mehr in Bewegung gerieten. Jede neue Antwort erzeugte neue Fragen. Wie schaffte es ein Schauspieler, eine Rolle zu spielen, dann eine halbe Stunde in der Kantine, bei Bier oder Whisky über die Kollegen, den Intendanten oder über alles andere zu lästern, und dann wieder in seine Rolle einzusteigen? Kam man dabei nicht total durcheinander?

Ich muss unbedingt einen Schauspieler fragen, dachte Max und guckte wieder zu Birgitt hinüber, die gerade die Hauptbühne erklärte: »Das hier ist die Hauptbühne, die kann man noch vergrößern durch die Hinterbühne, indem man die Zwischenwand hochzieht, und das hier sind die Seitenbühnen.« Was sie da sahen, war das reinste Durcheinander. Große, mit Latten stabilisierte Wände, aneinander gelehnt, Tische, Stühle, Leitern. »Wenn meine Mutter das sähe«, murmelte Max, »die würde hier erst mal Ordnung schaffen.«

Birgitt hatte ihn trotzdem gehört: »Nein, mein Lieber, das hier *ist* eine große Ordnung. Für jede Vorstellung, die wir in einer Woche spielen, steht hier das Bühnenbild. Das wird morgens aufgebaut und nach der Vorstellung abgebaut und hier gelagert. Wenn man da nicht die Ordnung einhält, hat man abends die einzelnen Teile nicht richtig zu Hand. Wenn hier alles durcheinander stünde, käme man mit den Aufbauzeiten gar nicht mehr klar.«

Da hob Herr Stimpel wieder seine Stimme: »Wie ist denn der Tagesablauf hier auf der Bühne?« Herr Stimpel wollte immer alles ganz genau wissen.

Birgitt sagte: »Nun setzt euch alle mal. Ich erzähls.« Da saßen sie auf der großen Bühne, einige packten schon ihre Stullen aus, machten ihre Wasserflaschen auf. »Also morgens um acht geht es in den Werkstätten schon los.«

»Sehen wir die noch?«, rief Kurt, der neben Max die meisten Fragen stellte. »Heute wohl nicht mehr, vielleicht ein andermal«, antwortete Birgitt. »Morgens ist hier auf der Bühne viel Betrieb. Sobald am Abend die letzte Vorstellung durch ist, wird das Bühnenbild der Vorstellung komplett abgebaut. So kann gleich am nächsten Morgen überprüft werden, ob alle technischen Anlagen noch funktionieren, also die Scheinwerfer, die Aufzüge und die Versenkungen. Man kann ja einen Teil des Bühnenbodens versenken, aber auch hochfahren.«

Birgitt zeigte auf einige Vertiefungen: »Oder die Bühnenarbeiter machen Bauproben: Sie probieren Bühnenbilder für künftige Vorstellungen aus, die noch in Arbeit sind. Auch vor einer Vorstellung müssen Bühnenarbeiter den Auf- und Abbau in einer festgelegten Zeit proben.

Sie müssen vor allem üben, dabei leise zu sein. Oder die Schauspieler bekommen die Bühne, um ihre neuen Stücke zu proben. Aber vor zwei Uhr nachmittag müssen alle Proben beendet sein, dann müssen alle die Bühne räumen, damit für die Vorstellung am Abend das Bühnenbild aufgebaut werden kann. Ihr seht, im Theater ist den ganzen Tag über was los.«

Max fragte: »Wenn wir mal ein Stück spielen wollen, könnten wir das hier machen?«

»Willst du mal den großen Helden spielen hier, mit allen Scheinwerfern?«, fragte Birgitt.

Max lächelte geschmeichelt: »Wenn Sie hier Intendantin sind?«

»Dann haben wir ja noch ein bisschen Zeit«, sagte Birgitt, »und müssen noch viel lernen. Wenn man hier auf der großen Bühne spielen will, muss man viel können und wissen, wie man mit diesem großen Raum umgeht, sonst verliert man sich darin.« Max dachte: *Das ist schon was anderes als das Klassenzimmer.* Dort hatten sie in der ersten Klasse *Hänsel und Gretel* aufgeführt.

Birgitt erzählte noch einiges über die Arbeiter, die hier auf der Bühne beschäftigt waren: Sie mussten dauernd zur Verfügung stehen und durften nirgendwo sonst in dem großen Haus arbeiten oder aushelfen. Dann warf sie einen Blick auf die Uhr: »Mal sehen, ob wir noch in die Unterbühne können.«

Sie verschwand kurz um die Ecke und kam mit einem Mann im grauen Kittel zurück, der sah alle an und lachte: »Seid ihr bereit für den Höllenritt? Bleibt aber bitte beisammen, da unten verirrt man sich leicht. Kommt!«

Sie staunten über den gewaltigen Kellerraum, der aussah wie eine große Maschinenfabrik, mit riesigen Rädern für die Drehbühne, mit Hubpodien, Gestängen. Wenn das Bühnengebäude der Himmel gewesen sein sollte, war das hier wirklich die technische Hölle.

Der Mann im grauen Kittel erklärte ausführlich, wie eine Drehbühne funktioniert, ging dann mit allen wieder nach oben, und sagte: »Stellt euch mal auf diese Scheibe, haltet euch fest. Ihr dürft jetzt einmal fahren.« Sie hörten, wie sich ein Schalter umlegte und plötzlich setzte sich die Bühne gemächlich in Bewegung. Es war ein tolles Gefühl.

»Jetzt geht mal ein paar Schritte gegen die Drehrichtung, haltet euch aber gut aneinander fest«, sagte Birgit. Auch das ging. Max war ganz ergriffen, Paule jubelte, Kurt machte sich los und lief schnell gegen die Drehrichtung der Bühne. Sprang herunter, ließ die anderen an sich vorbeifahren und salutierte. Er grinste. Dann spürten sie alle den Ruck und die Scheibe stand wieder still.

Birgitt rief in Richtung Hölle: »Danke sehr!« und dann: »Das wars für heute, die Stunde ist um.« Aber das war noch längst nicht alles. Birgitt zählte mit einem verstohlenen Seitenblick auf Herrn Stimpel auf, was sie alles noch nicht gesehen hatten. Der biss sofort an und fragte, ob sie noch einmal kommen dürften.

»Rufen Sie an«, sagte Birgitt und klopfte Max freundschaftlich auf die Schulter, der aussah, als würde er gerade aus einem Traum erwachen: »Na, hast du Lust auf's Theater bekommen?« Max druckste ein bisschen herum und sagte: »Vielleicht werde ich Bühnenmeister.«

Dann fuhren sie heim.

Zu Hause erzählte Max, was er alles erlebt hatte. Als er vom Besuch in der *Hölle*, in der Unterbühne, erzählte, taute der Vater auf, legte die Zeitung beiseite und sprach wie ein Fachmann: »Oh, die haben eine feste Drehbühne. Kann man sie auch verschieben, hochheben?«

Davon wusste Max nichts. Er spürte nur, es gab überall immer noch mehr Fragen, auf die er noch gar nicht gekommen war. »Es gibt auch Drehbühnen, die man auf eine Bühne auflegen kann. Die sind dann aber nicht so vielseitig wie eine fest installierte«, sagte Vater. »Woher weißt du das alles?«, fragte Max. »Ich hab vor Jahren in einer Firma gearbeitet, die hat auch Drehbühnen hergestellt.« – »Hast du selbst welche montiert?«, fragte Max. »Machst Du Witze? Ich bin Buchhalter«, sagte Vater.

»Bestimmt kann ich wegen der Drehbühne nochmal fragen«, sagte Max. »Wir dürfen nochmal ins Theater, wahrscheinlich sogar schon in zwei Wochen.« Aber da hatte sich der Vater schon wieder in den Sportteil vertieft.

Theatertage

Auch bei Herrn Stimpel hatte der Theaterbesuch einen bleibenden Eindruck hinterlassen. Aber noch mehr als das Gebäude mit den vielen Geheimnissen erstaunte ihn das Interesse seiner *Rasselbande*. »Was soll das denn heißen, Rasselbande?«, hatte der rothaarige Kurt ihn mal gefragt, denn keiner von den dreizehn Jungs und sieben Mädchen hatte eine Rassel.

Herr Stimpel war in Erklärungsnöte geraten, hatte aber versprochen, er werde der Sache nachgehen. Bis jetzt hatte er anscheinend vergeblich gesucht oder einfach die Frage vergessen, obwohl er doch sonst so gewissenhaft war. »Man darf im Leben nichts ungeklärt lassen«, lautete Herrn Stimpels Motto. Wenn ihm etwas unklar war, schrieb er es immer in sein Notizbuch, aber wirklich wichtige Fragen klärte er immer sofort.

»Also, liebe Freunde«, sagte er gleich am nächsten Morgen zu Beginn der Deutschstunde, »wir waren ja gestern im Theater. Wem hat es nicht gefallen?« Keiner meldete sich. Schon klar, dafür waren Mathe und Biologie und Deutsch ausgefallen. Schon deshalb lohnte es sich für die meisten. Also fragte Herr Stimpel vorsichtshalber nochmal nach, ob er einen zweiten Besuch anmelden sollte. Das *Ja* der Klasse war laut, deutlich und im Chor.

»Also gut«, begann Herr Simpel wieder, »dann mache ich das. Nach dem zweiten Besuch wählt ihr aber ein Thema für den Aufsatz, den ihr über das Theater schreibt. Passt also gut auf.« Der Primus, der heute keine Kopfschmerzen mehr hatte, meldete sich prompt: »Aber ich war doch gestern gar nicht dabei.«

Schau einer an, dachte Max und Herr Stimpel sagte: »Du wirst ausreichend Stoff bekommen. In die Unterbühne werden wir allerdings nicht mehr kommen.« Und dachte: *Den Höllenritt hast Du für immer verpasst.*

Kurt meldete sich: »Ich schreibe, wie mir das Theater vorkommt: *Ein Schiff in der Stadt.*« Herr Stimpel sagte: »Nicht schlecht« und dachte über den Vergleich nach, der ihm nicht eingefallen wäre. »Und ich über die Öffentlichkeits-Birgitt«, rief David. Er war war schon fast vierzehn, sehr still und hatte versucht, ein wenig mit Birgitt zu flirten. Und was wollte Paule? Paule nannte sein Thema: *Mein Leben auf der Drehbühne.*« Das konnte lustig werden. Max sagte einfach: »*Ein Haus voller Geheimnisse.*«

»Eva?«, rief Herr Stimpel, als er sah, dass Eva ihren Finger hob. Eva sagte: »Ich will etwas über die Küche und das Kochen im Theater schreiben.« Da brachen einige der Jungs in Gelächter aus. »Kochen im Theater!!«, brüllte Fritz und schlug auf die Bank. Er kriegte sich gar nicht mehr ein: »Die Eva denkt immer nur ans Kochen!!« Eva wurde blass und der Stuhl polterte hinter ihr zu Boden.

Herr Stimpel griff ein: »Ob man im Theater auch kochen kann«, sagte er streng, »wird Eva ohne Zweifel herausfinden. Wir werden das nicht ungeklärt lassen.« Eva warf Fritz einen giftigen Blick zu und setzte sich wieder hin. Als sich alle wieder beruhigt hatten, verkündete Herr Stimpel das Thema der heutigen Stunde: »Wie das Theater entstand.«

Bei dem Satz »Wir fangen bei den alten Griechen an«, ächzten sie noch, doch dann begann Herr Stimpel von Thespis zu erzählen, der angeblich mit einem Bühnenkarren kreuz und quer über die ägäische Halbinsel gezogen war, von den griechischen Amphitheatern unter freien Himmel. »Mit echtem Regen, ohne Sprinkel«, rief Paule, der sich an die Regendebatte vom Vortag erinnerte.

Herr Stimpel erzählte von den großen Dichtern Aischylos, Sophokles, Euripides und dem Spaßmacher Aristophanes, – »der Witzbold der Antike«, sagte Herr Stimpel. »Die Stücke dieser großen Dichter werden heute noch gespielt und sind beliebt.« Dann machte er einen großen Sprung über's Meer nach Rom, zählte die römischen Komödienschreiber auf, vor allem Plautus und Terenz. Darüber vergaß er aber nicht, den Philosophen Seneca zu erwähnen, der auch Tragödien geschrieben hatte. Und dann waren sie auf einmal schon in England und Frankreich. »Schreiben Sie doch bitte die Namen an die Tafel!«, rief der Primus.

Herr Stimpel tat das in seiner schönsten Schrift. Es gab eine stattliche Liste. Man spürte die Verehrung und Achtung, die er den Namen entgegenbrachte. Groß schrieb er dann noch die Namen Shakespeare und Molière darunter. »Halt«, rief er dann, »Goldoni fehlt noch.« Denn: »Auch die Italiener waren an der Schaffung des Theaters in Europa beteiligt!« Er holte also Carlo Goldoni nach, der zuletzt aber in Frankreich gelebt hatte.

Irgendwann kam auch Deutschland dran: »Die Deutschen haben das Theater zwar nicht erfunden, aber die englischen, französischen und italienischen Vorbilder gut genutzt. Das war die hohe Zeit von Lessing, Goethe und Schiller, aber die nehmt ihr in den höheren Klassen noch ausführlicher durch. Das soll hier nur ein ganz grober Überblick werden.«

Dann sah er auf die Uhr: »Oh! Noch ganz schnell: Warum spielen Menschen Theater?« Herr Stimpel hätte so gerne eine Stunde mit Fragen und Antworten dazu gemacht, aber dann eben so: »Die Menschen spielen Theater, weil sie zu allererst Spaß am Spielen haben, auch daran, eine Rolle zu spielen, wie sie das im gewöhnlichen Leben auch tun.« *Gewöhnliches Leben* betonte er, um anzudeuten, dass Theater zwar aus dem gewöhnlichen Leben hervorgehe, aber etwas ganz Ungewöhnliches, Künstliches sei. »Also«, fuhr er fort, »sie spielen, um sich selbst darzustellen, aber auch das, was sie erleben oder beobachten. Sie wollen damit begreifen, was um sie herum vorgeht, es aber auch anderen vorführen.«

Als er gerade bei »einen Spiegel vorhalten« und »Shakespeare« angelangt war, klingelte es, die Stunde war zu Ende und damit auch die Theatergeschichte. *Herr Stimpel ist echt begeistert*, dachte Max. *Ohne meinen Wunsch, ein Clown zu werden, wäre der Ausflug ins Theater nicht zustande gekommen und diese Stunde auch nicht.*

Paule rief: »In zehn Jahren bin ich beim Theater. Ich werde der größte Schauspieler und schreibe Tragödien. Kommt alle!« Max sagte nur: »Übernimm dich nicht!«, war aber trotzdem neugierig, was Paule über sein *Leben auf der Drehbühne* schreiben würde. Kurt legte Max die Hand auf die Schulter und sagte mit Grabesstimme, er werde jetzt Theaterstücke lesen. Sein Vater kenne einen Schauspieler, der wüsste wohl was. So ein Angeber.

Der übernächste Dienstag war wieder Theatertag. Herr Stimpel hatte sich erkundigt, was man diesmal zu sehen bekäme. Er hatte auch nach Birgitt gefragt. Ihre Anwesenheit konnte man ihm nicht garantieren: »Wenn sie Abenddienst hat, ist sie am nächsten Morgen noch nicht im Theater.« Klang kompliziert. »Schichtdienst, wie im Bergwerk«, hatte Herr Stimpel so leichthin am Telefon gesagt.

Der Mann am anderen Ende – wie hieß er gleich wieder: Stemmröder? – lachte: »Kommt mir auch oft so vor. Besonders in der Haupttheaterzeit, im Winter. Wenn man da auf den Proben ist, ist man den ganzen Tag im Dunkeln. Das Theater ist eine Höhle.« Herr Stimpel war mehr für den hellen Tag. »Wer den Geist will, liebt die Helle«, hatte er mal in einer Diskussion formuliert. Auf diesen

Satz war er sehr stolz. Er brachte ihn im Gespräch mit Herrn Stemmröder nicht an. Er wollte ja dem Theater nicht vorhalten, den Geist nicht zu wollen. Und als alter Lateiner kannte er ja auch den Satz *»Durch Nacht zum Licht.«*

Am Dienstag wurden sie wirklich von Herrn Stemmröder begrüßt, der sich als Dramaturg vorstellte und gleich wissen wollte, was Birgitt ihnen alles gezeigt hatte: »Ah, dann sind heute die Werkstätten dran, die Requisite, die Maske und vielleicht schaffen wir sogar noch den Besuch einer Probe.« Aber nur mit viel Glück: »Da müsst ihr alle mucksmäuschenstill sein, sonst geht das nicht! Und der Regisseur muss zustimmen.«

Der Primus sagte: »Hoffentlich dürfen wir zur Probe. Ich hab so viele Fragen an den Regisseur.« Immer artig sein, durch kluge Fragen auffallen, Bestnoten absahnen, das waren seine Spezialgebiete. Der Primus liebte es, zu glänzen. Kurt ärgerte sich oft über ihn: »Dieser Angeber. Das Gehirn soll ihm einfrieren!« Selbst diejenigen, die ihn mochten, deklinierten ihn immer durch. »Das ist das Buch des Primi. Sag das dem Primo. Ich kann den Primum nicht ab.« So etwa. Den Primum regte das auf.

Er hatte einen richtigen Namen: Alexander. Wichtige Stellen in seinen Schulbüchern markierte er immer mit Postkarten, auf denen Alexander der Große abgebildet war. Am liebsten war ihm das große Schlachtenmosaik: Alexander als Kriegsheld, hoch zu Pferde, den Speer in der Hand. Mitten im Kriegsgetümmel, mitten im Bild. Um ihn herum die kämpfenden Perser, die er besiegte. Alexander war Alexanders großes Vorbild.

Einmal hatte ihn Herr Kurzmüller erwischt, wie er das Bild aus dem Mathe-Buch nahm und es sehr lange betrachtete. Herr Kurzmüller wurde misstrauisch, konfiszierte die Postkarte und warf einen Blick darauf. Verblüfft betrachtete er das Bild, dann rutschte ihm der Spruch über die Lippen, den alle kennen, die jemals zur Schule gegangen sind: »Drei, drei, drei, bei Issos Keilerei.«

Fritz lehnte sich zu Kurt rüber und machte fragend: »Hm?« Kurt flüsterte: »Er meint den Sieg Alexanders des Großen im Jahr 333 bei Issos in der heutigen Türkei.« Kurt schnaubte. Dass der Fritz da noch fragen musste. Das war ein Spruch, der sich wie von selbst durch die Generationen fortpflanzte. Selbst Paule kannte ihn.

Des Primi Wunsch zu glänzen war raus. Er würde also glänzen und sie konnten sich ihre Fragen sparen. Ihr großer Primusalexander würde das schon machen. Der Primus wollte nach Stücken über Alexander den Großen fragen. Er hatte Herrn Dr. Stimpel schon mal gefragt, der konnte dem Primo aber keine Antwort darauf geben.

»Birgitt wird mich ablösen«, sagte Herr Stemmröder. Dann erzählte er, dass ein Theater eine richtige Kleinstadt von Handwerkern sei: »Hier können Leute noch Dinge, die kein anderer mehr kann. Zum Beispiel die Schuster. Die können Schuhe aller Epochen herstellen. Sogar Schuhe aus dem alten Ägypten, wie man sie auf den Wandbildern von Grabmälern findet, oder Schnabelschuhe aus dem Mittelalter. Und die Schneiderei erst: Wir bestellen oft Kostüme wie im habsburgischen Spanien oder aus dem osmanischen Reich, wenn wir sie für bestimmte Stücke brauchen.«

»Hüte auch?« meldete sich Antonia, die sich bisher zurückgehalten hatte. »Natürlich, Hüte auch«, antwortete Kuno Stemmröder. Antonia freute sich: »Oh, ich *liebe* Hüte. Zuhause hab ich eine richtige Sammlung. Wie meine Mutter. Sie trägt immer die auffallendsten Hüte, und bringt aus der Stadt immer wieder neue Modelle mit.«

Herr Stemmröder lächelte über soviel Begeisterung und fuhr fort: »Die Kostümabteilung verfügt über eine riesige Kostümbibliothek mit Schnitten und Stoffmustern. Sie verwenden sogar die selben Nähtechniken wie vor hunderten von Jahren. Und einige Regisseure und Schauspieler verlangen sogar ausdrücklich, dass alles aus echten Stoffen und echtem Leder gemacht wird. Bloß keine Imitationen.«

Kurt stand der Mund offen: »Wieso das denn?«

»Weil die Schauspieler sich in echten Sachen ganz anders und besser fühlen. Authentischer, das heißt echter. Das führt dann manchmal zu Streit, weil die echten Stoffe die Kosten für die Produktion in die Höhe treiben.«

»Mein Vater trägt auch keine Schuhe aus Kunststoff und meine Mutter nur Jacken aus echtem Leder«, sagte Antonia und stellte gleich die nächste Frage: »Tragen die Frauen in den alten Kostümen von damals eigentlich auch das passende Hosenwerk unter den Röcken?«

Da runzelte Herr Stemmröder die Stirn und sagte: »Naja, äh, ... ich kann mir vorstellen, dass einige Schauspielerinnen das brauchen, um sich so richtig ... ähm ... *echt*, also, als Frauen ... hm, also wie die echten Frauen von damals zu fühlen. Aber stell die Frage ruhig mal in der Kostümabteilung.« Antonia lächelte. Diesen Herrn Stemmröder hatte sie ganz schön an die Wand gespielt.

Max hatte dieser kleine Austausch gefallen und er setzte noch einen drauf: »Wieviele Berufe gibt es im Theater?« Jetzt geriet Herr Stemmröder schon wieder ins Schwitzen. Das hatte ihn noch niemand gefragt. Das wusste bestimmt nicht mal der Intendant. Er würde demnächst mal fragen. Für den Moment half er sich mit einem Vorschlag: »Jetzt gehen wir erst mal los. Versucht doch unterwegs mal, euch zu merken, welche Berufe ihr seht. Dann können wir ja mal sehen, was dabei alles zusammenkommt.« – »Er weiß es selbst nicht«, wisperte Paule zu Kurt.

Max sagte: »Ich schätze zwanzig.« Er hatte, was er wusste, an den Fingern abgezählt und noch fünf dazugelegt. Ob das reichte?

»Willkommen im Malersaal!«, rief Herr Stemmröder, als sie in dem Saal mit den riesigen Flügeltüren angekommen waren, der fast so groß wie ein Fußballfeld war. An den Wänden hingen buntgefleckte Kittel neben riesigen Zeichnungen, in den Regalen standen Farbtöpfe, lagen Stangen mit großen Pinseln und Rollen vorne dran, dahinter große Ballen Stoff und Papier.

Zwei Männer arbeiteten im Saal, vor ihnen auf dem Boden lag weitgestreckt eine große Leinwand. Die Männer in den farbbekleicksten Kitteln gingen daraufhin und her. Kurt war begeistert auf die beiden zugestürmt und sah als erster, dass das farbige Bild, das in kleinerem Format an der Wand hing, bereits in Umrissen auf die Leinwand auf dem Boden übertragen war.

»Seht euch das mal genau an. Das ist eine wahre Kunst«, sagte Herr Stemmröder. »Ein Bild, das man vor sich hat, nicht nur zu vergrößern, sondern auch auf die Leinwand zu übertragen, die man unter sich sieht, von der Senkrechten in die Waagrechte zu übertragen und gleichzeitig zu vergrößern. Und das alles nur mit Augenmaß. Wenn es nachher senkrecht im Hintergrund der Bühne hängt, müssen alle Maße und Verhältnisse so sein wie auf dem Entwurf. Denn diese Leinwand wird ja, wenn sie fertig gemalt ist, gespannt und aufgehängt im Bühnenturm, den ihr schon gesehen habt; sie wird heruntergelassen, wenn sie gebraucht wird. Zum Übertragen der Bilder ins Große braucht man viel Geschick und Erfahrung.«

Alle staunten, und drängten sich um die Leinwand herum, auf der die beiden Männer ruhig weiter arbeiteten.

»Das werd' ich glatt selber mal ausprobieren«, sagte Kurt, »Mein Vater bringt aus der Druckerei immer die Reste der großen Papierrollen mit, die kann ich ja mal auf dem Boden auslegen und ein Bild übertragen.« Alle nickten. Kurt war der einzige, dem sie das auf Anhieb zutrauten. Der Zeichenlehrer Hill, der immer einen hellblauen, zerknautschten Anzug trug, sagte oft: »Kurt, du bist ein großes Talent im Zeichnen. Eins mit Stern.«

Dann sahen sie dabei zu, wie die Maler die Farben anrührten und auszumalen begannen, was vorgezeichnet war; eine große, heitere Landschaft mit einem Sommerhaus. »Prospekt nennen wir das«, sagte der kleinere der beiden Männer. »Das gibts nicht mehr so oft, die gemalten Bilder, also Prospekte, die im Hintergrund der Bühne hängen. Vor zweihundert Jahren ging das los, ist aber eine aussterbende Kunst. Heute spielen sie bei offener, rauher Bühne oder bauen Holz- oder Metallkörper, in denen man herumlaufen kann.« Kurt hätte am liebsten mitgemalt und war nur mit Mühe dazu zu bewegen, weiterzugehen.

Aber Kuno Stemmröder drängte: »Es gibt noch so viel mehr zu sehen. Wir wollen noch in die Schlosserei, dann zu den Schuhmachern, in die Schneiderei, in die Kostümabteilung und dann noch zu den Kascheuren, wo sie zur Zeit ein riesiges Pferd modellieren, das sich aufbäumt.« Ein riesiges Pferd? Das *mussten* sie sehen!

Aber dann führte Herr Stemmröder sie doch erst in die Werkstätten, wo er ihnen eine breite Treppe zeigte, die gerade gebaut wurde: »Die muss stabil sein, da sollen zwanzig Leute auf einmal drüber laufen.« Max sagte: »Die ist ja locker zwölf Meter hoch. Wie kriegt man die stabil?«

»Der Bühnenbildner entwirft das Konzept«, sagte Herr Stemmröder, »Dann werden Konstruktionszeichnungen erstellt: die gehen in die Werkstätten, dort wird gebaut. Ja, wir haben auch Ingenieure im Haus und technische Zeichner. Das muss alles sehr genau und sicher gemacht werden.

Stellt euch vor, was los wäre, wenn während einer Vorstellung auf der Bühne eine Wand umkippt, oder die Bodenklappe aufgeht, oder aus dem Turm ein Stück des Bühnenbilds herabstürzt.«

Herr Stimpel fragte, ob er so was schon erlebt habe. »Nicht direkt«, sagte Herr Stemmröder, »eine unserer Opernsängerinnen ist mal während einer Probe vom Balkon auf die Bühne gestürzt, weil das Geländer nicht ordentlich befestigt war. Ich glaube, es war in *Tosca*. Sie verstauchte sich aber zum Glück nur den Arm.«

Paule, der gern das letzte Wort hatte, sagte:»Warum hatte sie keinen Fallschirm?« Die Rasselbande lachte.

Anschließend gab es eine Diskussion, wie es weitergehen sollte: Jeder wollte in eine andere Abteilung. Die Mädchen, aber auch viele der Jungs, zog es zu den Kostümen. Sie staunten über die vielen Kostüme aus Seide, Samt, Brokat, Leder und Spitze, die auf den Schneiderpuppen hingen, und die Stoffe in allen Regenbogenfarben, die teils schon als Zuschnitte oder noch auf Rollen in den Regalen lagerten.

In den Raum nebenan durften aber nur die Mädchen: »Wir haben heute Kostümprobe in der Oper«, sagte die Leiterin der Abteilung, eine stattliche Frau, von man hätte denken können, sie trete abends selbst in der Oper auf. Zwei junge Sängerinnen probierten Reifröcke, drehten sich vor den Spiegeln, wurden gedreht. Antonia hatte ihre Frage nach dem Hosenwerk unter den Kostümen nicht vergessen.

»Das kommt ganz drauf an«, sagte die junge Frau, die gerade einen Reifrock an einer Schneiderpuppe absteckte. »Es gibt Schauspielerinnen, die bestehen darauf, diese alte lange Unterwäsche, also das Hosenwerk, zu tragen. Andere spielen in ihrem gewöhnlich Unterzeug. Andere ziehen nur einen Body drunter, aber der sollte dann besser nicht hervorblitzen.«

Herr Stemmröder und Herr Stimpel hatten zunehmend Mühe, die Gruppe zusammenzuhalten: Antonia wäre am liebsten gleich in der Kostümabteilung geblieben. Willi wollte sich in der Schlosserei häuslich einrichten. Dort wurde gerade ein Geländer geschweißt und Eisenstäbe gebogen. Er liebte den Werkstatt-Geruch. Bei den Kascheuren blieb Paule beim Anblick des gewaltigen Pferdes der Mund offen stehen. Herr Stemmröder hatte nicht zuviel versprochen: Das Modell wirkte täuschend echt, obwohl die Kascheure versicherten, dass das ganze Riesentier nur aus bemalter Pappmaché bestünde. Pappmaché! So riesig! Paul konnte sich von der gewaltigen Figur gar nicht mehr trennen. Aber Max drängte ihn, er wollte unbedingt noch in die Maske. Das Wort faszinierte ihn und der Clown in ihm rumorte. Er sagte zu Paule: »Nu komm schon, wir wollen doch noch in die Maske.«

Paule maulte, aber Herrn Stimpel hatte Max gehört und wollte sich gerade an Herrn Stemmröder wenden, als Birgitt um die Ecke bog. Sie lächelte ihr breitestes Lächeln: »Hallo, da seid ihr ja. Ich musste heut früh in die Druckerei, wegen der Plakate für die nächste Premiere. Danke, Kuno, ich übernehme ab hier!« Kuno Stemmröder wirkte erleichtert, reichte Herrn Stimpel nochmal freundlich die Hand, winkte der Rasselbande zu und suchte das Weite. Birgitt sah sie erwartungsvoll an: »Na, wo soll es jetzt hingehen?« Paule und Max waren am schnellsten: »In die Maske.« Also gut.

Als Birgitt die Tür öffnete, rief sie: »Nicht erschrecken, hier kommt der Theaternachwuchs und will wissen, wie man sich in einen anderen Menschen verwandelt.« Die beiden Männer im Raum und die drei Frauen schienen sich über den Besuch zu freuen. Es sah aus wie beim Friseur, nur mit noch mehr Pinseln und Töpfchen. In zwei der Friseurstühle saßen Frauen in Kostümen – sie waren gerade fertig geschminkt worden. Die eine sah aus, als hätte sie zwei Wochen Strandurlaub hinter sich, das Gesicht der anderen war kreidebleich, mit zwei schwarzen Schönheitspflästerchen.

»Das ist für die Oper. Heute ist Kostümprobe«, sagte der eine der Männer, den sie Heinrich riefen, während er der kreidebleichen Dame eine riesige, weißgepuderte Perücke aufsetzte. Mit einem Mal sah sie ganz anders aus. Heinrich puderte ihr Gesicht nochmal gründlich ab und zog mit einem kleinen Pinsel die Lippen in Knallrot nach.

Antonia sagte: »Wie sie wohl vorher ausgesehen hat?« Sie konnte sich das gar nicht ausmalen. Stolz rauschte die Dame mitsamt Perücke aus der Maske. Sie trug wirklich eine Maske. »Sie hätte zur Fastnacht gehen können«, lachte Eva, »ob sie wohl Kinder hat, ob die ihre eigene Mutter wiedererkannt hätten?« – »Die hätten sich vor Lachen wohl kaum eingekriegt«, mutmaßte Paule.

Heinrich ließ sich nicht lange bitten und zeigte her, was sie an »Verwandlungswerkzeug« parat hatten: Pflaster, Puder, Pulver, Pinsel, Stifte, Salben und Cremes in kleinen Tuben, Töpfchen und Tiegelchen, Netze, Kleber, Bärte, Perücken und Haarteile. Antonia hätte sich am liebsten einmal so richtig aufdonnern lassen, traute sich aber nicht zu fragen. Max musste an seine Schwester Elfi denken, die neuerdings zunehmend Zeit vor dem Spiegel verbrachte. Ob sie wohl die Nase gerümpft hätte? Oder wäre es eher das volle Programm: Hinsetzen, Gesicht hinhalten, anmalen bitte, und freche Perücke. Ob er sie mal fragte? Ob es wohl eine gute Idee war, sie zu fragen?

Herrn Stimpel schien die Maskenabteilung eher zu langweilen, er fing an zu quengeln: »Wollten wir nicht weiter? Wohin sollte es als nächstes gehen?«, und guckte dann mit gespielter Hilflosigkeit zu Birgitt hinüber. Die durchschaute ihn sofort: »Als nächstes ist die Requisite dran.« Der Begriff war allen neu und klang aufregend, jetzt schlossen sich sogar die Mädchen Birgitt und Herrn Stimpel an.

Die Tür war noch nicht ganz zugefallen, nur Max und Paule standen noch etwas unschlüssig herum. Heinrich zwinkerte den beiden zu: »Habt ihr doch noch nicht genug von der Maske? Wollt ihr die andern mal so richtig foppen?« Das brauchte er den beiden nicht zweimal zu sagen. In Max erwachte der Clown und wollte heraus. Das sagte er auch so. Und Paule, ja was? »Was wünschen der Herr? Was darf es bei Ihnen sein?«, schnurrte Heinrich, »Ein Edelmann, ein Landstreicher, ein Schwerverletzter aus dem Unfallkrankenhaus?« Da freute sich Paule: »Au ja, ein Schwerverletzter!« Keine Ahnung, wie er dann aussehen würde.

Heinrich winkte dem Kollegen, der eben mit seiner anderen Opern-Dame fertig geworden war. Ab in die Sessel mit den Burschen. Heinrich nahm sich den Paule vor. Der andere – er hieß Max – den Max. Großes Gelächter, als sie die Namensgleichheit entdeckten. Max der Maskenkünstler kämmte ihm erst mal die Haare aus dem Gesicht, klebte ihm dicke Backen auf, rieb sein Gesicht mit einer Salbe ein und trug weiße Schminke auf, ganz dick. Dann zog der Max dem Max eine Haube über den Kopf.

Als Max die Augen wieder aufschlug, hatte er eine leuchtende Stirnglatze und nur noch einige einzelne Haare an den Seiten. Dann malte ihm Max die Nase ganz dunkelrot an und einen riesigen roten Mund und holte aus einer Schublade dicke buschige Augenbrauen. Kaum waren sie angeklebt, erkannte Max sich überhaupt nicht wieder. Der Masken-Max holte noch eine Rolle mit rotem Kreppapier, und band dem Clown-Max eine große Schleife um den Hals und schob ihm ein dickes Kissen unters Hemd.

Drüben entfuhr Paule ein panischer Grunzer. Die Hälfte seiner Strubbelhaare war unter einer Blutkruste verschwunden. Auf der rechten Wange klebte ein breites, dick und dunkelrot bemaltes Pflaster, es sah aus, als hätte er sich das halbe Gesicht aufgerissen. Ein weiteres Pflaster, mit bloßem Auge kaum zu erkennen, fleischfarben und mit Schminke geschickt übertupft, zog ihm den Mund schief. Pauls linker Arm lag in einer Schlinge, sein Hals war mit weißen Tüchern verbunden und mit Kunstblut besprenkelt. Hätte Max nicht gelacht, als er Paule sah, Paule hätte es glatt mit der Angst gekriegt.

Heinrich grinste zufrieden: »Wenn du jetzt rausgehst zu euren Klassenkameraden, kannst du noch das Bein ein bisschen nachziehen, als ob du hinkst. So ...«, er machte es Paule vor. »Aber den Max müssen wir noch kostümieren.« Heinrich tuschelte kurz mit seiner Kollegin und sie lachte. Mit dem wehenden weißen Arbeitskittel der Kollegin sah Max aus wie ein kleiner, kugelrunder Arzt, der gerne mal einen Rotwein zuviel trank.

Wie sie da so vor dem großen Spiegel standen und sich bewunderten, dachte Max, Elfi könnte ihn bestimmt nicht erkennen und die anderen schon gar nicht. Heinrich, der Maskenbildner rieb sich die Hände und sagte: »Wenn ihr euch ein wenig beeilt, könnt ihr eure Gruppe noch bei der Requisite abfangen. Ihr geht einfach hier den Flur lang und vorne links trefft ihr bestimmt die Gruppe, dann kann der Spaß losgehen.«

In der Zwischenzeit hatte Herr Stimpel sich schon gewundert, dass Max auf einmal so ruhig war und Paul keine Sprüche mehr klopfte. Hatten sie sich am Ende verlaufen in dem großen Haus, waren sie irgendwo eingesperrt? Auch Birgitt wusste sich keinen Rat: »Wir sind doch alle aus der Maske herausgekommen!« Eine Toilette lag nicht auf dem Weg, da konnten sie also nicht sein.

Gerade wollte Herr Stimpel sagen, »Kurt, lauf zurück, ob die noch in der Maske sind«, da stieß Antonia plötzlich einen Schrei aus. Ein Schwerverletzter kam um die Ecke gehumpelt, er schien zu bluten und stützte sich mit der einen Hand an der Wand ab. Gehalten wurde er von einem alten, dicken Mann in einem weißen Kittel, der auch nicht eben gesund aussah.

»Helft doch mal«, rief Antonia, doch die anderen standen nur starr und glotzten.

66

Der Schwerverletzte stöhnte und jammerte: »Wer hilft mir. Ich verliere so viel Blut.« Keiner kam auf den Gedanken, nach der Blutspur zu gucken. Nur Birgitt wusste sofort, wer da seine Finger im Spiel hatte, und rief: »Ihr Halunken! Wo kommt ihr denn jetzt her?« Sie kannte den Kollegen Heinrich in der Maske zu gut. Das war ein schlimmerer Spaßvogel als Paule. Sie fasste an den eingebundenen Arm des Schwerverletzten. Der versuchte noch einen markerschütternden Schrei, aber der ging in Lachen über.

Max und Paule waren durchschaut. Kurt zog Max behutsam die Glatze vom Kopf, Eva demontierte die Pflaster in seinem Gesicht, eins nach dem anderen. Die Masken fielen, und jetzt lachte sogar Herr Stimpel. Birgitt sagte: »Was man in einem Theater alles erleben kann!« Als alles vorbei war und die beiden in der Maske von einem vergnügt vor sich hinpfeifenden Heinrich wieder abgeschminkt wurden, sagte Paule: »Wenn der Stimpel uns wirklich den Aufsatz aufbrummt, schreib ich vielleicht doch nicht über mein *Leben auf der Drehbühne*, sondern *Wie ich im Theater schwer verletzt wurde.*« Und Max war zwar entschlossen zu schreiben: *Mein Leben als Clown* – aber war mittlerweile nicht eher Paule der Clown?

Wegen ihrer Maskerade hatten die beiden die Besichtigung der Requisite verpasst. Das ärgerte Max. Er bestand auf der Heimfahrt darauf, dass die anderen ihm alles über die Requisite erzählten.

Sogar der Primus machte mit – auf seine ganz eigene Art. Er tat gelehrt wie alle Gelehrten, die, wenn sie was zu sagen haben, bei den Römern – spätestens bei den Römern – beginnen. »*Requirere*«, sagte er, »das ist Latein für: verlangen, auffordern. Die Requisiten sind aufbewahrte Dinge, die man wieder hervorholt, wenn man sie brauchen kann. Die Requisite ist...« – Da fiel ihm Kurt ins Wort: »... die Rumpelkammer des Theaters.«

Da schoss Fritz den Vogel ab: »Wenn du mit dem Primo konkurrieren willst, musst du mindestens sagen: Die Requisite ist das aktive Gebrauchsmuseum des Theaters.« Herr Stimpel, der schon eine Weile gelauscht hatte, spitzte die Ohren. Woher nahm der Junge solche Formulierungen her? Die anderen lachten. Wie gestelzt Fritz daherreden konnte und dabei noch Kurt und Alexander veräppelte. Max guckte ganz beeindruckt und fragte: »Ist das Gebrauchsmuseum 'ne Erfindung von dir?«

Fritz sagte: »Hat mein Vater gestern abend gesagt, da war 'n Stadtrat bei uns, und da haben sie über's Stadtmuseum gesprochen. Wie man das *aktivieren* könne. Ich musste dem Stadtrat 'nen Kuli holen zum Schreiben. Er hat sich das *aktive Gebrauchsmuseum* notiert.« Er grinste stolz, weil er so was Tolles angebracht und sogar den Max damit geplättet hatte.

»Also, was war jetzt in der Requisite?« Max kam direkt wieder auf's Thema zurück und auf einmal redeten alle durcheinander. Conny hatte gestaunt, wie viele Kochtöpfe, Kochplatten, Kaffeekannen es da gab. Fritz: »Da war ne ganze Sammlung von Schreibmaschinen. Sogar 'ne ganz alte, die noch gar keine Tasten hatte.« Vier Kühlschränke hatte Adrian gezählt: »Und 'ne Waschmaschine, Bügelbretter und Eimer gabs auch noch.« Zwanzig Äxte, Gewehre, Pistolen, Lanzen, Schwerter und Säbel steuerte Alexander bei.

Antonia erzählte von einem riesigen Sortiment an Handtaschen und Tischlampen und Koffern, »Sogar 'ne Nähmaschine und haufenweise alte Radios hab ich gesehn.« Und mehr: »Ein Christus am Kreuz, ein betender Mönch.« Und dann kriegte sich Antonia fast nicht mehr ein, als sie auf die Perlen- und Edelsteinketten kam und die Kronen. »Ach was, alles falsch, alles Tinneff«, sagte Eva. Kurt war am Bücherregal entlanggestrichen, »Bücher brauchen die, wenn sie 'ne Bibliothek aufbauen müssen.« Kurt mochte Bücher. Sein Vater hatte eine Riesenbibliothek zu Hause. »Ganze Wände voll mit Büchern«, sagte er manchmal und gab dann an mit Namen und Titeln, die er von den Buchrücken abgelesen hatte.

Herr Stimpel hörte weiterhin aufmerksam zu. Er war überzeugt: Wer den Menschen zuhört, sieht in ihr Inneres. Nicht nur ihre Seele, auch in ihre Talente, in ihre Absichten. Er rechnete mit einigen Aufsätzen über die *Rumpelkammer als aktives Gebrauchsmuseum.*

Willi, der immer mit seinen Noten zu kämpfen hatte, und zu Hause »Streichholzschachteln und Plattenkawwers« sammelte, sagte: »Vielleicht werd ich mal Requisitör. Ich werd mir dann 'n richtiges Theatermuseum zusammensammeln!« Paule grinste: »Und was machste mit den Schauspielern? Trockneste die ein?« Willi war erst beleidigt, hatte aber dann eine Idee: »Nee«, sagte er, »die lass' ich fotografiern und groß auf Pappe machen, dann schneid ich die aus und stell se hin, dann hab ich das ganze Amsambel.«

Das fanden manche toll: »Das müssten wir für die Klasse machen!« – »Und Herrn Stimpel und Herrn Kurzmüller dazu!« – »Und die Klemke mit ihrem Herrn Braubach.« Man merkte am Gelächter, dass die Klasse über etwas Bescheid wusste. An der Endstation verabschiedeten sie sich von Herrn Stimpel. »Vielen Dank für den Ausflug«, sagte der Primus. Da krähte Paule nochmal dazwischen: »Mein Onkel hat auf seinem Bauernhof 'ne alte Melkmaschine. Ob sie die im Theater gebrauchen können?«

»Wenn du ein Stück kennst, wo 'ne Melkmaschine drin vorkommt, kannste ja mal fragen«, gab Fritz zurück. »Da wirst du vielleicht als Melker gleich mit angestellt. Aber dann brauchste auch 'ne Kuh.« Gab es denn echte Kühe am Theater? Kurt trumpfte auf: »Warum nicht? Es gibt da ja auch echte Menschen.«

Herr Stimpel hatte die Sache mit den Aufsätzen natürlich nicht vergessen. Am Mittwoch kam er mit den Deutschheften unterm Arm an. »Austeilen. Wir wollten heute unseren Aufsatz schreiben.«

Keiner in der Klasse wollte, sie sollten. Generalthema: *Unser Besuch im Theater.* Wie fade das klang. Herr Stimpel wurde genauer: »Jeder kann sich in dem Generalthema sein eigenes Thema suchen.« Paule stöhnte, Kurt blickte sich nach dem Primo um, Willi kratzte sich hinter den Ohren, Max lächelte und nahm den Kuli in den Mund, Antonia flüsterte zu Conny: »Was nimmst'n du?« Paule schrieb weder über *Mein Leben auf der Drehbühne* noch *Wie ich im Theater verwundet wurde*, sondern *Wenn ich Theaterdirektor bin.* Sein Aufsatz begann so:

Wenn ich Theaterdirektor bin

»Als wir mit Herrn Stimpel im Theater waren, haben wir den Theaterdirektor nicht gesehen. Anscheinend versteckt er sich. Er mag wohl keinen Nachwuchs. Dabei sagt Herr Kurzmüller immer: »Ihr seid die Zukunft.«

Der Theaterdirektor hat wohl viel zu tun und viel zu denken, was alle seine Leute im Theater machen sollen. So kommt er vor lauter Denken gar nicht mehr dazu, selbst etwas zu tun. Er hat viele Leute, die alle arbeiten müssen, damit abends der Lappen hochgeht. So heißt der Vorhang im Theater.

Das hat uns der Bühnenmeister erzählt, als wir fragten, was er macht. Er muss auch den Eisernen Vorhang hochziehen, der sehr schwer ist. Der sorgt dafür, dass das Feuer von der Bühne auf die Zuschauer überspringt. Oder umgekehrt.

Das ist seltsam, denn wenn der Eiserne Vorhang zu ist, sind keine Leute im Theater. Wenn der Eiserne Vorhang offen ist, sind viele Leute da, die was sehen wollen. Also kann der Bühnenmeister mit seinem Eisernen Vorhang gar nichts verhindern, weil sonst die Leute nichts sehen.

Wenn es mal wirklich brennt, geht die Anlage zum Runterfahren des Eisernen Vorhangs nicht. Oder die Leute wollen über die Bühne aus dem Haus, und die sperrt er dann ab. Wenn das Feuer auf der Bühne ist oder hinten, wo so viele Bühnenbilder stehen, kann er helfen, dass die Zuschauer durch die engen Türen herauskommen.

Aber auch der Eiserne Vorhang kann schmelzen, wenn die Hitze zu groß wird. Das hat der Bühnenmeister auch gesagt. Dann nützt er gar nichts mehr. Aber bis es soweit ist, schmelzen erst die Besucher, denn soviel Hitze hält kein Mensch aus.

Als Theaterdirektor könnte ich den Eisernen Vorhang nicht abschaffen. Die Feuerwehr ist dagegen. Als Theaterdirektor würde ich allen im Theater die Feuerzeuge abnehmen. Und sie sollen sich hüten, dass sie zu glühen anfangen wie die Elsa, als sie ihren Lohengrün sah. Da ist der Brand in ihr Herz gefahren, sagte der Primus.

Ich weiß nicht, ob brennende Herzen ein Theater anzünden können. Ich hatte selbst noch keinen Brand. Aber die Frau Birgitt sagte, im Theater ist alles möglich, was sonst nicht möglich ist. Also muss man aufpassen.

Als Theaterdirektor würde ich nur Stücke spielen, bei denen die Leute was zu Lachen haben. Weil meine Mutter immer sagt, dass das Leben zum Heulen ist. Da muss man doch was gegen tun. Mein Opa hat immer gesagt: Lachen schändet nicht. Und die Lilli vom Max hat mal ein ganzes Theater zum Lachen gebracht. Das möchte ich auch: ein Haus voller lachender Leute.

Für das viele Geld, was das Theater kostet, muss man doch was zum Lachen haben. Traurig sind wir selbst genug. Diesen Satz sagt mein Vater immer. Ein guter Satz, sagt mein Vater, ist das halbe Denken.

Neulich kam er heim und schrie: »Die Axt im Haus erspart den Zimmermann.« Dabei haute er mit der Faust auf den Tisch. Vielleicht dachte er, er ist eine Axt. Wir haben keine Axt im Haus. Jetzt weiß ich, warum die in der Requisite so viele Äxte haben.

Als Theaterdirektor will ich auch immer die richtigen Requisiten haben. Ich weiß aber nicht, wo ich richtigen Schnee herkriege, oder einen Teich. Trotzdem freue ich mich auf meinen Beruf.«

Sollen wir Max' Aufsatz auch abdrucken? Na gut:

Ein Haus voller Geheimnisse

Das Theater liegt in der Stadt wie eine Festung, in die man nur abends hineinkommt. Wenn man ins Theater geht, weiß man noch noch nicht, wen man dort trifft. Zum Beispiel unseren Lehrer, Herrn Stimpel. Dann ist man gespannt auf das Stück, das kennt man noch nicht. Denn es ist nicht leicht, ein Stück zu lesen. In der Schule haben wir das noch gar nicht geübt.

Als ich daheim mal versuchte, ein Stück von dem großen Dichter Schiller zu lesen, kam ich gar nicht zurecht. Es war in einem alten Schulbuch von Vater. Da redeten so viele Personen miteinander und gegeneinander, dass ich mir nichts vorstellen konnte. Der Schiller hat eine Sprache, die wir zu Hause nicht sprechen.

Wir sagen zu Hause immer: »Heut ist schönes Wetter. Wir gehen schwimmen!« Doch das Stück fing schon so geheimnisvoll an: »Es lächelt der See, er ladet zum Bade.« Als wir beim Abendbrot darüber sprachen, nickte mein Vater mit dem Kopf und sagte: »Ja, warum lächelt der See in dem Stück? Das weiß ich auch nicht. Das muss man wohl rauskriegen.«

Da merkte ich, dass in den Stücken viele Geheimnisse sind. Und bevor der Vorhang hoch geht, ist es ein Geheimnis, wie es dahinter aussieht. Wenn man dann sieht, wie es aussieht, weiß man aber noch nicht, was die Menschen wollen und tun. Ob sie sich hauen oder küssen. Für den Zuschauer ist es ja ein Geheimnis, wie die Bühne aufgebaut und abgebaut wird. Da stehen oft ganze Berge. Die sehen aus, als könnte man sie gar nicht wegrücken und schwupp sind sie weg.

Man denkt auch: Im Theater sind nur Schauspieler, dabei sind viel mehr Menschen da drin. Die sind gar keine Schauspieler und sie leben hinter der Bühne. Ich nenne sie Dunkelmänner. Auch der Intendant ist ein Dunkelmann. Niemand weiß, was die alle den ganzen Tag und die ganze Nacht tun. Ich denke, die Leute gehen gern ins Theater, weil sie wissen wollen, was da gedacht und gemacht wird. Und weil sie sehen wollen, was so geheim ist.

Neulich las ich auf einem Theaterplakat »Liliom«. Das ist bestimmt auch ein Geheimnis. An manche Geheimnisse im Theater kommt man gar nicht ran. Als Fritz den Schuster fragte, wie der einen Schnabelschuh macht, sagte der: »Das ist mein Geheimnis. Das kann kaum noch einer.« Wir haben auch nicht herausgekriegt, ob ein Theater eine Küche hat, wo das Essen gekocht wird, das die Schauspieler auf der Bühne essen müssen. Egal, ob sie Appetit haben oder nicht. Wir haben vergessen, danach zu fragen. Das Theater ist ein Haus voller Geheimnisse. Darum möchte ich ins Theater. Der Zirkus, wo ich oft mit meinem Vater bin, ist dagegen ganz klar ein ~~Haus~~ Zelt.

»Ich hab lauter Quatsch geschrieben«, sagte Max zu Herrn Stimpel, als er das Heft abgab. »Das liegt daran, dass das Theater sicher viel toller ist, als man es beschreiben kann. Auf einmal fehlten mir die richtigen Worte.«

»Da magst du wohl recht haben, Max«, sagte Herr Stimpel und nahm Antonias Heft entgegen. Er blätterte es auf, um ihre Überschrift zu lesen: *Kostüm und Hosenwerk.* Herr Stimpel erinnerte sich an Antonias Fragen in der Kostümabteilung. Damals hatten sie ihn sehr verwundert. Inzwischen hatte er begriffen, dass Antonia so unrecht nicht hatte. Als er neulich im Theater war und zwei Schauspieler auf offener Bühne ihre Hemden und Hosen auszogen, hatte er auch gedacht: *Aha! Sone Unterhosen tragen die!* Und er hatte sich gefragt, ob er je sowas anziehen würde (*Neeeeee!*) Er war überrascht, wie man sich im Theater selbst erkennt. Auch bei Sachen, an die man zuvor womöglich gar nicht gedacht hatte.

Als Herr Stimpel alle Aufsätze durchkorrigiert hatte – die meisten schrieben das Wort *Requisite* falsch – sagte er: »Na, im Ganzen muss es doch ein gutes Erlebnis für euch gewesen sein. Am schönsten war für mich, dass ihr alle eigene Fragen an den Besuch im Theater geknüpft habt.« Dann teilte er die Hefte aus.

Kurt hatte eine Eins, der Primus nur eine Drei: »Du formulierst viel zu abstrakt, Alexander. Du musst doch was gesehen und erlebt haben. Sätze wie der hier: *Im Theater ist die Basis des Erlebens groß*, sagen gar nichts. Was heißt denn Basis? Wenn eine Basis groß ist, kann das Erlebnis immer noch klein sein. Aber wie groß es war, hast du nicht geschrieben.« Alexander hätte sich am liebsten unter seine Bank verkrochen, Kurt lächelte stolz. Max war zufrieden mit seiner Zwei minus. Paule (Drei plus) krähte: »Wenn ich Theaterdirektor bin, geb ich dem Primo privat Erlebnisunterricht.« – »Lern du erst mal denken«, zischte Alexander der Klassen-Große.

Als die Stunde zu Ende war und alles durch die Tür nach draußen drängelte, spürte Paule einen kräftigen Stubser am Hinterkopf. Er wusste, von wem der war.

Theater im Kopf

Doch mit dem Aufsatz war das Projekt noch längst nicht vorbei. Zum Glück, denn nicht nur Max, Paule und Kurt waren im Kopf immer noch im Theater, sondern auch der Rest der Klasse.

Die Mädchen diskutierten, wie ihnen ein Reifrock stehen würde, wie man damit durch Türen käme und wo man damit hängenbleiben würde, und dass Birgitts Cordhosen doch eh viel praktischer waren. Sie wollten irgendwann alle an Birgitts Stelle sitzen, außer Eva, die wollte immer noch Küchenchefin werden.

Die Jungs zankten sich um den Posten des Intendanten. Aber es stand ja noch einiges bevor. Man hatte ihnen den Besuch einer Probe im Schauspielhaus versprochen. Beim letzten Mal war nicht nur die Zeit zu knapp gewesen. Man musste auch den Regisseur, der die Proben leitet, erst fragen, ob eine Rasselbande in den dunklen Saal hinein darf. Denn auch wenn alle mucksmäuschenstill ist, was kaum jemals vorkommt, könnte so ein Regisseur sich beobachtet fühlen. Und beobachtet zu werden, hemmt die Gedanken. Selbst Alexander der Große wusste das.

Neulich hatte der Primus drauflos gebrüllt: »Glotzt mich verdammt nochmal nicht so an!« Es war in Gemeinschaftskunde. Er sollte die Bundesländer und ihre Hauptstädte herzählen, und geriet in Schwierigkeiten. Er kam immer nur auf zehn, hatte Bremen völlig vergessen. Kam einfach nicht drauf.

Herr Reckta hatte seinem Primo doch nur helfen wollen: »Ich hab dir eine Eselsbrücke... ah, einen Turm, gebaut. Einen Eselsturm. Weißt du noch, ... Esel?« Herr Reckta hatte *I-ah* gemacht, die Klasse hatte gebellt, miaut und Antonia schob noch ein halb gekichertes »Kikeriki?« hinterher. All das während Alexander vor der Klasse stand und knallrot im Gesicht war, vor lauter Nachdenken – und Frust. Die Klasse war es gar nicht gewohnt, ihren Primum so blank zu sehen. Also lachten sie irgendwann, teils aus Erleichterung, teils aus Schadenfreude, und starrten auf die Stelle, an der sie nicht stehen mussten.

Das verschlimmerte die Lage des Primi Alexandri, der dort stehen musste und sich angestarrt fühlte. Paule, der mal wieder seine Klappe nicht halten konnte, sagte nach einer Weile zu Herrn Reckta, der noch immer auf eine Antwort hoffte: »Herr Reckta, jetzt lassen Sie ihn doch mal, sonst verwesert ihm noch der Denkapparat.«

Auch dieser gut versteckte Tipp hatte nichts mehr genutzt. Er brachte Paule noch ein paar Lacher ein, die ihm Alexander schwer verübelte. Und dann hatte er eben rumgebrüllt und eine Zwei statt einer Eins kassiert (und eine Rüge für schlechtes Benehmen), damit es endlich vorbei war. Da konnte er sich schon vorstellen, wie es einem Regisseur gehen musste, der ja nicht nur was wissen, sondern sich vor allem was ausdenken soll.

Zur Vorbereitung des Probenbesuchs kam am Mittwochmorgen ein Dramaturg in die Klasse. Sie hatten noch alle den jungen Herrn Stemmröder in Erinnerung und waren verwundert über die elegante, schwarzgekleidete Gestalt, die zusammen mit Herrn Stimpel das Klassenzimmer betrat. »Ich bin der Dramaturg Dr. Weit vom Theater«, sagte der Fremde, stellte seine schwarze Tasche auf das Lehrerpult und legte seinen Mantel daneben.

Er war ein sehr kleiner, aber würdevoller Herr, wie man ihn in den Theatern kaum noch sah. Er trug eine gepunktete Seidenfliege, passend zum Einstecktuch, die ihn jünger wirken ließ. Sein schwarzer Anzug saß perfekt, das Haar war sorgfältig frisiert, seine Augen waren wach. Er blickte alle der Reihe nach an, nickte – und mit einem Mal war es mucksmäuschenstill in der Klasse.

Herr Stimpel räusperte sich: »Herr Dr. Weit will uns heute etwas über die Rolle eines Dramaturgen und seine Arbeit erzählen. Dramaturgen sind sowas wie das Gehirn eines Theaters, habe ich neulich gelesen.« Damit wandte sich Herr Stimpel Herrn Dr. Weit zu: »Ist das Theater ein Ort, an dem viel gedacht wird?«

Der Dramaturg lächelte: »Das ist eine gute Frage. Es wäre sehr zu wünschen. Es reicht aber nicht, viel zu denken, denn dann denkt man am Ende zuviel.« Kurt, Paul und Max lachten, aber Fritz lachte am lautesten. Herr Dr. Weit ließ sich nicht unterbrechen: »Man kann auch schief denken oder in gewundenen Bahnen. Man muss richtig geradeaus denken. Aber wie denkt man richtig?«

Herr Dr. Weit machte es gleich spannend: »Vor dem Denken kommt im Theater erst mal das Nachdenken darüber, was man alles bedenken muss.« Dann holte er aus: »Was muss man bedenken? Erstens: Man muss wissen, was man will. Was will man durch das Theater mitteilen? Dann muss man bedenken, ob die Mitteilung, also das Programm, für die Stadt passt, in der und für die man Theater macht. Dann ist zu überlegen, ob die Schauspieler und Regisseure des betreffenden Theaters dieses Programm auch wirklich umsetzen können. Und nicht zuletzt muss man sich fragen, ob das vorhandene Geld zu alledem reicht. Bevor man mit Theater beginnt, muss man Vorausdenken. Drauflosspielen reicht nicht.«

Herrn Stimpel gefiel Dr. Weit auf Anhieb: Der Mann dachte und formulierte klar und gut. Herr Stimpel schätzte den pädagogischen Wert einer Persönlichkeit. *Auch Ausstrahlung erzieht*, dachte er immer, wenn er die schlotterige Kleidung einiger Kollegen sah oder hörte, wie sie hastig vor sich hin nuschelten.

Der Dramaturg hatte *Persönlichkeit.* Wie er so dastand, hatte er etwas Strahlendes, Heiteres. Aber auch eine brennende Besessenheit war zu spüren. *Wie er da auf dem Podium steht, ist er fast eine Erscheinung, wie auf der Bühne,* dachte Herr Stimpel. War er wirklich so oder spielte er hier nur eine Rolle? Wenn es wirklich so war, schien er mit seiner Rolle aber ganz eins zu sein. »Wißt ihr«, sagte er gerade, »wie ein Theatermensch...«, – *Theatermensch* sagte er, als spräche er über sich selbst –, »die Welt und die Menschen sieht?«

Die ganze Klasse schwieg. Herr Dr. Weit schaute in die Gesichter. Einige duckten sich, als wollten sie nicht gesehen werden. Da zitierte Dr. Weit Kurt und Micha nach vorn: »Kommt doch mal her, bitte! Du ... und ja, auch du.« Micha wollte sich hinter Max verstecken, quälte sich dann aber doch aus seiner Bank hervor, feixte zu seinem Nachbarn und schlurfte dann, als ob er nicht richtig gehen konnte, aufs Podium. Kurt stand ohne zu Zögern auf und war mit drei Schritten vorne.

Micha feixte da oben noch immer, drehte den Kopf hin und her und suchte immer noch den Blick seines Sitznachbarn, während Kurt aufmerksam den Dramaturgen ansah. »Seht euch die beiden hier mal ganz genau an.«

Weitere Anweisungen gab Dr. Weit nicht. Er wartete eine Minute. »Warum hab ich diese beiden wohl heraus gerufen?« fragte er dann. Die beiden sahen sich an, Kurt begann verlegen zu lächeln, Micha zuckte viermal schnell mit den Schultern und machte eine Grimasse zu Fritz hin, seinem Nachbarn.

Alexander der Große traute sich als erster und hob die Hand. »Na?«, sagte Herr Dr. Weit. »Wir sollen wohl sehen, wie verschieden die beiden sind«, sagte Alexander.

Der Dramaturg nickte. Mit dieser Antwort konnte er etwas anfangen. Er wollte aber noch mehr wissen: »Wodurch unterscheiden sie sich denn?«

Zu den beiden gewandt sagte er: »Gleich seid ihr erlöst, es dauert noch einen Augenblick.« Micha wackelte mit dem Kopf, Kurt stand jetzt noch etwas gerader da.

Jetzt kamen die Antworten: »Der Micha feixt immer. Er macht immer Zeichen in die Klasse. Er wackelt, weil er nicht stillhalten will. Er fühlt sich nicht wohl, weil wir ihn betrachten sollen. Er weiß nicht, was er mit sich machen soll, darum macht er Faxen...« Zu Kurt kamen weniger Antworten: »Er steht so steif da. Er denkt, er wär was Besonderes. Er sieht nur zu ihnen, nicht zu uns. Er gibt den Stolzen.« Das wars schon.

Die beiden durften sich setzen, und Herr Dr. Weit machte mit seinem Vortrag weiter: »Ich wollte euch nicht nur zeigen, wie verschieden Menschen sein können. Das wisst ihr sicherlich alle. Keiner von euch ist wie der andere. Mir geht es darum, dass ihr die Details dieser Verschiedenheit auch seht und erkennt. Jeder Mensch zeigt sich an seinen Bewegungen, seinem Verhalten. Also muss man beobachten. Und das Beobachtete umsetzen in Erkennen.

Man muss jeden Menschen ja begreifen, dass er so und so ist, sich so und so gibt und verhält. Wir nennen dieses beobachtende Erkennen den Theaterblick, alles sehen mit den Augen des Theaters. Das heißt auch: wir nehmen alles im Leben wahr, als sei es Theater. Man kann das Leben als eine große Komödie oder als ein Trauerspiel betrachten. Das machen unsere Dichter. Ein berühmter Dichter hat es mal so ausgedrückt: *Die ganze Welt ist Bühne, und alle Frau'n und Männer bloße Spieler.*«

Hier setzte er eine Pause, um das Zitat nachwirken zu lassen. Herr Stimpel hielt kurz den Atem an und erwartete fast die Frage, ob nicht die Schule auch Bühne sei. Und ob er selbst, Herr Kurzmüller, der Direktor und die Frau Lobmüller, die Englisch gab, nicht vielleicht bloße Spieler waren? Doch die Frage kam nicht. Ihre Beantwortung hätte die ganze Stunde gefüllt.

»Diese Unterschiede zwischen uns Menschen sichtbar zu machen ist schon ein Teil unserer Arbeit im Theater. Alle Personen, die bei uns auf die Bühne treten, spielen ja einen bestimmten Menschen. Einen, den es nur einmal auf der Welt gibt. Den muss ein Schauspieler charakterisieren«, erläuterte Herr Dr. Weit, »Doch wie gelingt ihm das? Es sind ja keine bekannten Personen, die er nur imitieren müsste. Habt ihr darüber schon einmal nachgedacht?«

Das war keine leichte Frage. Es dauerte eine Weile, dann rief Paule: »Man muss sich die Leute einfach vorstellen.«

An diesem Dramaturgen war ein ziemlich guter Lehrer verloren gegangen. Herrn Stimpel gefiel vor allem, wie er die Antworten aufnahm, ganz sachte erweiterte und wieder in Richtung Klasse schubste. »Richtig«, sagte Dr. Weit gerade. »Wir sagen: unsere Phantasie erzeugt die Menschen auf der Bühne. Aber unsere Phantasie darf nicht nur phantasieren.« Paule war plötzlich hellwach: »Aber ich kann doch aus dem Nikolaus ganz schnell einen James Bond oder auch einen Asterix machen.«

Das klang komisch, und die meisten lachten auch gleich los, um die Spannung abzuschütteln, in die Herr Dr. Weit die Klasse versetzt hatte. »Mit meiner Phantasie kann ich das schon. Nur ist die Frage, ob das auch eine wahre Figur wird«, rief Alexander dazwischen. »Sehr gut!«, rief Herr Dr. Weit. Er wirkte angenehm überrascht. Herr Stimpel begriff, wie gut Dr. Weits Nachname zu ihm passte: weil er die Fragen und Antworten immer erweiterte und so das Denken und damit das Gespräch immer weiter voran trieb. So als wären das seine wahre Leidenschaft und seine Berufung.

»Und wie überprüfe ich, ob ich mit meiner Phantasie auch wirklich eine wahre Figur erschaffen habe?«, sagte Herr Dr. Weit. Alexander der Große überlegte. Das waren Fragen für ihn. Der Dramaturg ging auf den Primo zu und betrachtete ihn aufmerksam. Er wusste natürlich nicht, dass er vor Alexander dem Großen stand. »Na, was denkst du?«, fragte er. Alexander, der aufgestanden war, überlegte. Die Blicke der Klasse waren auf ihn gerichtet, doch diesmal schien er es gar nicht zu bemerken: »Ich weiß ja was von echten Menschen, beobachte sie und höre ihnen zu. Daraus kann ich mir vielleicht schon eine Vorstellung machen.« – »Vorstellung wovon?« – »Na, wie einer ist und was er tun wird«, sagte Alexander.

Herr Stimpel war plötzlich sehr stolz auf Alexander. Manche, die mit A... dem Großen, wie einige ihn insgeheim nannten, wenig anfangen konnten, staunten. »Ja«, sagte Dr. Weit gerade. »Da bist du schon sehr dicht dran an dem, was ein Dramaturg können muss.« Er kehrte zum Podium zurück. *Es ist schon verdammt spannend, wie der Doktor seinen Beruf aus dem Fragen heraus erklärt,* dachte Max.

»Nun stellt euch vor«, sagte Dr. Weit, »ihr bekommt ein Theaterstück in die Hand. Ein Theaterstück hat eine Handlung, die Handlung wird von den Personen des Stücks bestimmt. Aber wer sind die Personen? Ihr lest, was sie sagen und was sie mit ihren Worten anrichten. Daraus müsst ihr euch die Vorstellung von einer Person bilden, die auf der Theaterbühne darzustellen ist. Und diese vorgestellte Person müsst ihr als Dramaturg dem Regisseur oder auch dem Schauspieler deutlich machen und erklären, damit er sie spielen kann.«

Das war vielleicht zuviel auf einmal. Der Dramaturg bemerkte die Fragezeichen auf einigen Gesichtern. Er wiederholte es noch einmal langsam und fragte schließlich: »Wer von euch hat schon mal Theater gespielt?« Fünf meldeten sich, drei Jungen und zwei Mädchen. »Welches Stück?« Sie hatten gemeinsam in der Grundschule *Hänsel und Gretel* gespielt. »Naja, das ist ja wohl schon ein bisschen länger her.« Aber Herr Dr. Weit war es gewohnt, das Beste aus allem zu machen: »Also, da sind fünf

Personen. Der Hänsel, die Gretel, die Mutter, der Vater und ...?« – »Die Hexe«, riefen die Mädchen wie im Chor. Nun mussten Paul, Max, Conny, Eva und Kurt erzählen, wie sie das gemacht hatten, wie die Personen ausgesehen hatten, wie sie angezogen und aufgetreten waren.

Wie hatten sie sich als die Eltern gefühlt, als sie ihre Kinder in den großen, dunklen Wald schickten? Wie hatten die Kinder ihre Angst im Wald gespürt? Wie war das, als sie Kurt, der Hexe, begegnet waren, die ihnen entgegen gekommen war, sie gelockt und eingesperrt hatte? Mit Dr. Weits Hilfe zerfiel die Handlung plötzlich in lauter kleine Stücke, in Überlegungen, in Bewegungen, in Schritte. Die fünf mussten sich auch erinnern, wie sie die Rollen eingeübt und wie sie darüber gesprochen hatten.

Da wurde allen klar, was ein Schauspieler zu tun hat, bevor er auf der Bühne steht, und wie ein Dramaturg alles vorbereiten muss, damit der Schauspieler mit den Proben beginnen kann.

»Ist der Dramaturg denn auch der Regisseur?« rief Max. Er hatte gespannt zugehört, hatte selbst in seiner Phantasie alle Rollen mitgespielt, war der Vater, die Mutter, die Gretel und der Hans und auch noch die Hexe. Er hatte auf einmal den Kopf so voll von dem allem, dass sich in seinem Kopf schon ein Theater abspielte, das niemand sah.

Herr Dr. Weit sagte: »Meist eher nicht. Das sind zwei verschiedene Berufe. Der Dramaturg sucht die Stücke aus, die man spielen möchte. Er prüft, ob sie mit den Schauspielern, die man hat, zu machen sind. Dazu gehört auch, ob man die Stücke auch an den zwei Bühnen, die man zumeist im Hause hat, nebeneinander spielen kann. Denn ein Schauspieler kann ja nicht gleichzeitig auf zwei Bühnen spielen. Der Dramaturg macht auch Vorschläge, wer das ausgewählte Stück inszenieren könnte. Er spricht mit dem ausgewählten Regisseur, ist meist bei allen Proben dabei, gibt Auskünfte, wenn es Unklarheiten gibt, oder wenn Fragen auftauchen, die man klären muss.« Alexander der Große rief nach einem Beispiel.

Herr Dr. Weit hatte natürlich gleich eines zur Hand: »Es gibt ein sehr berühmtes Stück. Es heißt *Hamlet*, der englische Dichter William Shakespeare hat es geschrieben. Darin hat eine Königin einen Mann geheiratet, der zuvor ihren ersten Mann ermorden ließ. Nun steht in dem Stück nichts darüber, ob die Königin von der Beteiligung ihres zweiten Mannes an dem Mord weiß.

Falls ja, ist sie am Verbrechen beteiligt, also eine Komplizin. Falls sie aber nichts davon wusste, die Ehe also in gutem Glauben eingegangen ist, ist sie schuldlos. Wenn sie Komplizin ist, muss sich das im Spiel andeuten und alles, was in dem Stück geschieht, hat für sie eine andere Bedeutung, als wenn sie von dem Mord nichts gewusst hätte.

Solche Fragen muss man nicht nur erkennen, sondern auch beantworten. Jede Antwort darauf ist eine Entscheidung, die Folgen hat für die Inszenierung, und der Regisseur muss immer daran denken, ob sie mitschuldig oder schuldlos ist.«

Da stieß Paule ein lautes »Uff!« aus: »Ist das kompliziert. Ich glaub, ich werd' kein Dramaturg.« Dr. Weit lächelte: »Das kann man schon alles lernen. Nur braucht man eine große Lust zu dieser Aufgabe, Lust am Stücke finden, lesen und ausarbeiten.« Dann erinnerte er sich, dass er noch zu beantworten hatte, ob Regisseure und Dramaturgen immer getrennte Berufe seien: »Es gibt heutzutage zunehmend Regisseure, die ihre eigenen Dramaturgen sein wollen, sich die Texte verändern, zurechtmachen, auch verbiegen. Ich bin kein Freund dieser Praxis.«

Die Antwort war kurz und klang ihm selbst etwas zu säuerlich. Er setzte deshalb hinzu: »Ich verteidige als

Dramaturg ja immerhin auch das Recht des Stückeschreibers auf eine exakte Aufführung, so wie er sich das alles vorgestellt hatte.«

Da sagte Herr Stimpel: »Erlauben Sie mir eine Frage, Herr Dr. Weit. Wenn man alte Texte hat, zum Beispiel von Goethe, muss man die dann immer genau so spielen wie damals, als sie entstanden, wirken sie da nicht veraltet?« Max wurde bei dieser Frage wieder ganz aufgeregt, Kurt und Alexander rückten sich auf ihren Stühlen zurecht, als ob die Stunde gerade erst begonnen hätte. Micha und sein Nachbar Fritz hingegen räkelten sich in der Bank.

»Das ist eine wichtige Frage. Unser Theater soll ja kein Museum sein. Wir lesen die Stücke mit den Eindrücken aus unserer Gegenwart im Hinterkopf. Wir prüfen, ob sie uns noch etwas bedeuten und warum. Wenn wir darauf eine positive Antwort finden, können wir darüber nachdenken, wie wir sie frisch inszenieren. Ob wir vielleicht in den Stücken etwas finden, was bisher noch keiner gesehen hat. Das ist das Wunderbare am Theater: man findet in den guten Texten so viele verschiedene Antworten. Und es ist ohnehin so, dass keine Inszenierung einer anderen gleicht.«

»Ist das nicht auch verwirrend?«, fragte Herr Stimpel, und Alexander, Max und Kurt horchten gespannt auf. Da sagte der Dramaturg ganz klar und entschieden: »Nein, ganz sicherlich nicht. Ich sage immer: ein Stück ist dann gut, wenn es für wechselnde Zeiten interessant bleibt und auch auf neue Fragen immer noch Antworten gibt.«

Jetzt hätte Herr Stimpel wieder vom »Faust unseres großen Dichters Goethe« anfangen können. Das Stück war ihm eben wieder in den Sinn gekommen. Aber da er das Gefühl hatte, dass die Stunde zu Ende ging, zog er seine Uhr aus der Tasche – richtig, es dauerte nur noch zwei Minuten, bis es klingelte: »Herr Dr. Weit, Sie haben uns einen schönen Einblick in Ihre Arbeit und in das Theater gegeben. Ich bin mir sicher, dass noch eine Menge Fragen offen bleiben, aber die Stunde geht zu Ende. Das Theater wird noch bestehen, wenn alle, die hier sitzen, die Schule verlassen haben. Dann wird zumindest ein Teil dieses Publikums irgendwann auch im Theater sitzen!«

Er wollte Herrn Dr. Weit noch danken, da rief Max dazwischen: »Bitte noch eine Frage. Niemand konnte sie uns beantworten. Wir waren ja schon im Theater und haben gesehen, was dort alles gearbeitet wird. Wissen Sie, wieviele verschiedene Berufe es in einem Theater gibt?«

Herr Dr. Weit wusste auch darauf eine Antwort und er lächelte: »Viel mehr, als ihr euch denkt!« – »Dreißig« rief Fritz. Als Paule in das unbewegte Gesicht von Dr. Weit blickte, spürte er: das war zu wenig. »Siebenundfünfzig«, rief er. Er war nie für grade Zahlen. »Es sind etwas über hundert«, sagte der Dramaturg. Allgemeines Geraune: So viele Berufe unter einem Dach?

»Das Theater ist eine kleine, in sich geschlossene Welt. Man kann sein Leben in ihr verbringen.« Das war der letzte starke Satz von Herrn Dr. Weit. Er verbeugte sich, sagte noch »Auf Wiedersehen, ihr wart ein gutes Publikum!«, nahm seine Tasche, öffnete die Tür und dann klingelte es auch schon.

Max war wie benommen auf seinem Platz sitzen geblieben, während der Großteil der anderen schon in die große Pause verschwunden war. Er hatte so viel gehört, so viel zu verarbeiten. Er spürte, dass in dieser Welt für den Clown, den er sich herbeigeträumt hatte, kein Platz war. Was er über das Schauspielern gehört hatte, bewegte ihn sehr. Wie schwer und wie schön musste es sein, einen Menschen wahrhaftig zu spielen.

Alexander der Große kam und setzte sich neben ihn. Er fragte: »Na, Max, wär das was für dich? Dramaturg?« Max zuckte mit den Schultern: »Ich glaube, Schauspieler wäre mir lieber«, sagte er.

Alexander schüttelte den Kopf: »Mir nicht. Aber wenn ich mir überlege, was ich nur über das Lesen alles rauskriegen kann, hätt' ich schon Lust, Dramaturg zu werden. Das war ein echter Theatermensch, der Herr Dr. Weit.« Max hatte Alexander noch nie so begeistert erlebt und nickte begeistert. »Was er da von Hamlet und seiner Mutter erzählte, hat mich glatt umgehauen«, sagte Alexander, »Da lernt man ja nicht nur die Stücke kennen, sondern auch die ganzen Hintergedanken. Ich dachte, das sei alles viel langweiliger.«

Der Primus schmiedete bereits Pläne: »Ich denk, ich werd' zuhause mal in Vaters Bücherschrank nach dem Hamlet suchen und ihn mir darauf durchlesen, was Hamlets Mutter wusste. Mich interessiert das wirklich«, sagte Alexander. »Meinst du, dass du eine Antwort darauf findest?« – »Wenn ich die richtigen Fragen stelle, könnte das schon was werden«, meinte Alexander.

Währenddessen hatte Paule sich beim Hausmeister eine Cola geholt und fragte Kurt, der – neugierig auf das Getuschel der beiden – noch in der Tür zum Klassenzimmer stand: »Kurt: Auf wie viele dramatische Fragen gibt diese Flasche Antwort?« Als von Kurt keine Antwort kam, weil der den Paule entgeistert ansah, sagte Paule: »Na, fünf«, und überließ es Kurt, das Rätsel selbst zu lösen. »Fünf?«, Kurt konnte damit nichts anfangen.

Max hatte Paules übermütige Stimme gehört und sah auch, wie stolz der wegging. Na, so wie der geht, hat er dem Kurt einfach einen Bären aufgebunden. Max übte schon den Theaterblick: aus Bewegungen Erkenntnisse gewinnen. Dann überlegte er selbst, was ein Dramaturg mit so einer Frage anfangen könnte.

Alexander der Große sagte: »Ich geh auch mal auf den Hof«, und ging. Max überlegte. Fünf dramatische Fragen an eine Cola-Flasche: was wären die? Rätselrätselrätsel-rätsel. Dann dachte Max an sich selbst. Oh! Das ist es:

1. Verdammt, ich hab Durst. Was trink ich?
2. Wo krieg ich eine Cola her?
3. Her damit! Wie krieg ich die jetzt auf?
4. Ah, tut das gut. Wie, schon leer?
5. Was mach ich mit der Flasche?

Max hatte dann doch noch eine sechste: Wieder 'n Geldstück ärmer. War es das jetzt wert? Das könnte man glatt spielen: Gier und Enttäuschung. «Man muss nur nachdenken, dann ist alles dramatisch«, sagte Max zu sich selbst und ging nun auch in die große Pause.

Zu Hause erzählte er von Herrn Weit und stellte dann die Frage an Elfi: »Kannst du eine Cola-Flasche dramatisieren?« – »Wie kommst'n auf so'n Quatsch?« Auch Mutter schüttelte den Kopf. »Das ist doch ein Ding, das bewegt sich doch nicht!«

Max sagte: »Das ist wirklich ein Ding! Dass ihr euch das nicht vorstellen könnt. Aber Mutter macht ein Trara, wenn Elfi mal beim Abtrocknen 'nen Kochtopf fallen läßt. Dann geht das Theater doch los! Der Kochtopf macht ein Drama.« Da merkte Max plötzlich, dass er an einem sehr gefährlichen Punkt angelangt war. Rühre, rühre nicht daran.

Max hatte wieder die Szene vor Augen, die sich vorletzten Sonntag in der Küche abgespielt hatte: Mutter beim Abwasch, Elfi, zum Abtrocknen gezwungen, der Vater, in der Küche hockend, seine Zigarre rauchend, die Nase tief im Sportteil. Wie in Zeitlupe fällt der Kochtopf aus Elfis Hand auf die Fliesen. Ein Lärmgepolter! Am Sonntagmittag.

Das war Mutters Stichwort: »Der hat jetzt aber keine Beule?!« Er hatte. »Kannste nicht aufpassen? Drei Wochen haben wir den und jetzt?!!« Vergangenheit, Gegenwart und Zukunft des Topfes standen im Raum.

Der Vater gab seinen Senf dazu: »Haste wieder mal ans Eisessen mit dem Carl von nebenan gedacht?«

Elfi zuckte mit den Schultern und sagte schnippisch: »Was soll ich gedacht haben? Das kann doch jedem mal passieren.«

Mutter: »Es darf aber nicht passieren! ... Bezahlst Du den neuen Topf?« Dann erst sah Mutter den Sprung in der Fliese. Entsetzt zeigte sie darauf: »Das auch noch! Die Fliesen, die Vater mit so viel Mühe verlegt hat. Der erste Sprung und Du bist schuld!!«

Elfi verzog das Gesicht: »Was soll ich den jetzt noch machen? Den Schaden abarbeiten? Ich helf doch eh schon dauernd für lau mit.«

Jetzt kam Vaters Einsatz: »Wie, für lau? Für *LAU*? Ich werd Dir das *Taschengeld* bis Weihnachten sperren, dann *kannst* du es bezahlen!«

»Hör Du erstmal auf mit deiner dicken Zigarrenraucherei in der Küche!« Jetzt kam Elfi so richtig auf Touren.

»Jetzt mach aber mal halblang, ja?«, knurrte der Vater, der sich nach nichts mehr sehnte als nach Ruhe und seinem Sportteil.

»Halt Dein loses Mundwerk!«, schrie die Mutter und haute – peng – den Deckel auf den Topf, »Du bleibst heut' schön daheim. Dem Typen vielleicht auch noch'n Eis spendieren, soweit kommts noch. Mach, dass Du hier rauskommst. Ich will Dich nicht mehr sehen. Erst der Topf, dann die Fliese und dann auch noch bockig!« Und nochmal lauter: »Mach, dass du hier *rauskommst*!«

So ungefähr hatte sich das abgespielt. Der Topf als Drama. Hätte es den Topf nicht gegeben, nicht Elfis Schusseligkeit, der Sonntag wäre anders verlaufen. Jetzt lag er in Trümmern.

Mutter zürnte wegen Elfis mangelnder Hilfsbereitschaft und der Fliese, Vater nervte all das Gezerre und die Aussicht auf's Fliesenverlegen, Elfi nahm das *Mundwerk* und den Rausschmiss übel. Sie lief heulend auf ihr Zimmer, knallte mit der Tür, machte die Tür gleich noch mal auf und schrie in den Flur: »Dabei hat sie selbst schon Töpfe hingeschmissen und neulich vor lauter Wut die neue Kaffeekanne! Mit Absicht!«, und knallte gleich nochmal mit der Tür.

Da sprang der Vater auf, war mit einem Satz oben und stand vor Elfis verschlossener Tür. Erst klopfte er nur: »Jetzt ist aber mal gut! Mach auf!!« Schließlich hämmerte er effektvoll (und zugleich nicht zu fest, wie er hoffte) dagegen.

Elfi dachte gar nicht daran, zu öffnen. Sie heulte nur hörbar, und dann rief der Vater noch »Komm Du mir raus!«, und Elfis Schluchzen wurde mit der Zeit immer leiser.

Erst gegen Abend legte sich das Drama. Alle schlichen stumm und vorwurfsvoll umeinander herum. Es war eine Stimmung, als wenn alles gleich wieder ausbrechen könnte. Max war der verschonte Zuhörer und Zuschauer gewesen. Sonst sagte der Vater immer: »Mach nich so'n Theater, Luise.« Jetzt stellte sich heraus, dass er selber ganz ordentlich Theater machen konnte, wenn er nur wollte.

Als Max jetzt nochmal darüber nachdachte, sagte er sich: *Ja, so entstehen Dramen im wirklichen Leben, die man auch im Theater zeigen könnte.* Aber wer war denn nun wirklich schuld an dem Lärmstück? Elfi, die Mutter, der dramatisierende Vater? Er musste wieder daran denken, was Herr Dr. Weit über Hamlets Mutter erzählt hatte. Aber da war es immerhin um Mord gegangen. So weit waren sie hier noch lange nicht. Ob das wohl der Unterschied zwischen Drama und Tragödie war?

An dieses Sonntagmittagsdramatheater rührte er jetzt aber besser nicht nochmal. Also sagte Max wie nebenbei zu seiner Mutter: »Ach, das war nur so 'ne Frage, die heute im Unterricht auftauchte, und Paule hat den üblichen Spruch dazu gedrückt. Ich hab die Frage hier ja nur mal so

gestellt, um zu sehen, ob Elfi sich was dabei denken kann.«
Als die Mutter nur nickte und Elfi erst gar nicht auf ihn
reagierte, war Max sehr zufrieden mit sich. Neulich hatte
er was von der Kunst der *Konfliktvermeidung* gelesen.
Er hatte sie wohl soeben praktiziert. Ob das mit dem
Theaterblick zusammenhing? Er musste den üben. Aber
musste man dafür nicht *ganz cool* werden? Auch das hatte
er irgendwo aufgeschnappt.

Herr Stimpel sagte immer »Der Mensch hat seine Leidenschaft, damit sie ihm nur Ärger schafft«, nannte aber
nie den Urheber dieses kleinen Gedichts. Vielleicht war er
es selbst. Manchmal lächelte Herr Stimpel so, dass Max
ihm den Dichter schon zutraute. »Willst Du Dich mit
Gott vereinen, brauchst du nur die Kunst zu reimen.«
Das war noch so ein Vers, den Herr Stimpel öfter mal
benutzte. Das bestärkte Max in seinem Verdacht, dass
sein Klassenlehrer heimlich reimte. Dichtenkönnen musste
was Ähnliches sein wie der Theaterblick.

Ein offenes Haus

Am Dienstagmorgen kam ein Brief von Lilli. Elfi zog ihn nach der Schule aus dem Briefkasten, Lilli schrieb: *»Donnerstag ist ein Feiertag, und weil sie an unserer Schule den beweglichen Ferientag nutzen, haben wir bis Montag frei. Darf ich zu Euch kommen?«*

Als Max heimkam, zeigte sie ihm den Brief, Mutter hatte schon zugestimmt. Max sagte: »Meinetwegen, aber am Freitag ist Tag der offenen Tür im Theater, da fahr' ich rein. Alexander hat es in der Zeitung gelesen. Wir wollen da miteinander hin.« – »Können wir da mitkommen?« fragte Elfi. »Du hast jetzt soviel über das Theater erzählt. Ich bin echt neugierig darauf. Und ohne Lilli wärst du erst gar nicht auf den Trichter gekommen.«

Lilli kam am Mittwochabend. Sie juchzte, hatte ihr hellblaues Kleid an und lachte – wie immer. Mama hatte ihr ein Päckchen *für Tante Ella* mitgegeben, die so gern Pralinen aß. »Oh!«, sagte Mutter, griff mit spitzen Fingern in das Päckchen, steckte sich gleich eine in den Mund und lächelte selig. Mutter liebte Schokolade.

Elfi überfiel Lilli gleich mit dem Vorschlag, am Freitag ins Theater zu fahren: »Theater von innen begucken, keine Vorstellung.« Das kannte Lilli noch gar nicht: »Ach Max, das ist lieb, dass ihr uns mitnehmt.« Max fand es auch nicht schlecht, machte sich aber ein bisschen Sorgen um Alexander, der keins der Mädchen aus der Klasse mochte, was aber auf Gegenseitigkeit beruhte. Michaela begann immer schon zu zischen, wenn er nur in ihre Nähe kam, und Andrea sagte oft: »Der Lackaffe!« Was Lilli wohl so alles zum Primo sagen würde?

Am Freitagmorgen fuhren Max, Elfi und Lilli in die Stadt, um Punkt zehn Uhr standen sie vor dem Theater. »Da kommt Alexander der Große«, sagte Elfi und winkte mit dem Kinn in seine Richtung. Er trug schwarze Jeans, einen dunkelblauen Pullover und natürlich Brille. Sein Haar war dunkel und wellte sich ein bisschen. Lilli musterte ihn eingehend und dachte, *Naja, ist doch gar nicht so schlecht.*

Alexander begrüßte erst Max, dann Elfi und zuletzt Lilli, weil er sie noch nicht kannte. Eigentlich war er ziemlich schüchtern, aber das brauchte niemand zu merken. »Das ist Lilli, meine Cousine«, sagte Elfi. Alexander musterte sie, nickte, sagte knapp, »Guten Tag«, und drehte sich wieder zu Max um: »Wo müssen wir hin?«

Auf dem Theaterplatz standen viele Menschen, die wohl alle ins Theater wollten. Vom anderen Ende der Freitreppe winkten David, Rudi, Adrian und Ludwig mit ihren Müttern im Schlepptau. Schließlich entdeckten sie auch noch Andrea und Carla, die Unzertrennlichen. Sie hatten anscheinend noch Freundinnen mitgebracht. »Die kommen wohl keinen Tag ohne einander aus«, sagte Max mit Blick auf die Mädchengruppe zu Alexander, doch der hörte ihn nicht. Er hatte jemanden entdeckt.

Herr Stemmröder bog um die Ecke. Er trug Cordjacke und einen Schal um den Hals, obwohl es nicht kalt war. Lilli wusste gleich Bescheid: »Der hat seinen Künstlerschal. Leute, die sich als Künstler fühlen wollen, tragen immer einen Schal, auch wenn sie ihn gar nicht brauchen.« Ihr Vater hatte sie in dies Standesgeheimnis eingeweiht und hatte dazu gesagt, »Das stärkt das Selbstbewusstsein.« Alexander dachte: »Aha.«

Kuno Stemmröder hob die Stimme, rief: »Guten Tag, meine Damen und Herren. Ich freue mich, dass Sie alle zu uns ins Theater wollen. Ich überbringe einen herzlichen Gruß von unserem Intendanten, der Sie heute leider nicht persönlich begrüßen kann, er ist in Köln beim Bühnenverein.« Er erklärte nicht weiter, was das sei. Um ihn herum verstummten die Gespräche. Dann sagte er: »Es sind heute so viele, die ins Theater wollen, wir müssen Sie wohl in drei Gruppen einteilen.«

Inzwischen waren zwei Männer zu ihm getreten, der eine wurde als Bühnenmeister Kurzleb vorgestellt. Max erkannte ihn wieder, es war der zornige Mann hinter dem Eisernen Vorhang. Der andere trug auch einen Schal, wirkte sehr gepflegt und zeigte der Menge lächelnd die Zähne. Stemmröder winkte: »Sie können mit mir gehen, ich bin der Dramaturg, oder mit Herrn Kurzleb oder hier, mit Herrn Schmatz, einem unserer besten Schauspieler, der Ihnen gewiss einiges über die Schauspielerei erzählen kann.«

Max und Alexander mussten nicht lange nachdenken: Stemmröder kannten sie beide. Von der Maschinerie und dem geordneten Chaos der Ober-, Hinter-, Seiten- und Unterbühnen hatte Max Alexander mittlerweile auch schon berichtet. Ein Schauspieler wäre für alle neu, auch für die beiden Mädchen. Also gingen sie direkt zu Herrn Schmatz, dicht gefolgt von Elfi und Lilli. Der lächelte gleich noch etwas breiter: »Na, sind das etwa unsere jüngsten Kolleginnen? So schöne junge Damen gehören einfach ins Theater«, sagt er. Elfi und Lilli strahlten, kicherten aber etwas verlegen.

Schmatz wandte sich an die acht älteren Damen, die in Begleitung gekommen waren: »Sie sind wohl alle Abonnentinnen?« Die Damen nickten und hielten ihre Handtaschen fest umklammert. »Na dann mal los«, sagte Herr Schmatz und ging vor: »Wir gehen erst mal durchs Foyer und dann durch den Zuschauerraum auf die Bühne, damit Sie wissen, was wir Schauspieler jeden Abend um uns haben. Kennen Sie meinen *Caligula*?«

Für Elfi war alles ganz neu, für Lilli so halb, Alexander und Max kannten sich aus, aber von einem *Caligula* hatten sie alle miteinander noch nicht gehört. Herr Schmatz hatte die fragenden Blicke wohl bemerkt: »Das ist ein ganz liebenswerter, aber etwas exzentrischer römischer Kaiser, der gern den Mond besitzen würde, darüber zum Mörder wird und am Ende für seine eigene Ermordung sorgt, weil er eingesehen hat, dass sein Weg nicht der richtige war.« Er warf die Arme in die Luft und rief: »Eine Tragödie.«

Herr Schmatz machte eine kleine Pause, sagte dann aber gleich: »Ich hoffe, Sie können sich das vorstellen. Für's Theater braucht man viel Phantasie.« Dann sagte er noch: »Das Stück ist von dem französischen Dichter Albert Camus«, wohl, damit man sich das Stück besser merken konnte. *Wie es sich wohl anfühlt, an fünf oder sechs Abenden die Woche ermordet zu werden?*, dachte Max.

Nachdem sich die Gruppe ihren Weg durch das imponierende Chaos der großen Bühne gebahnt hatte, alle angemessen gestaunt hatten und alle Fragen geklärt waren, führte Herr Schmatz sie in einen kleineren, dunklen Raum. Herr Schmatz brachte einige Stühle und bat die Gruppe, sich zu setzen.

Dann begann er seinen Vortrag: »Wir sind hier auf unserer Probebühne. Hier verbringen wir tagsüber die meiste Zeit, wenn wir proben. Hier probieren wir aus, wie wir das Stück spielen wollen, wie wir die Figuren, die wir darstellen, anlegen. Das bedeutet, wie und wo sie sich bewegen. Wie sie miteinander sprechen und aufeinander reagieren sollen. Ob sie sich in einen Sessel setzen würden und wie. Wie sie reagieren, wenn neue Personen dazu kommen. Manchmal geht es auch einfach nur darum, ob unsere Bewegungen den Text richtig übersetzen.«

Herr Schmatz gab ihnen einige Beispiele. Wie unterschiedlich man zum Beispiel gehen konnte: aufrecht, fordernd, selbstbewußt, ängstlich, krank, nachdenklich, hinkend, gelähmt, erhitzt, ermüdet, erschreckt, fröhlich, beschwingt, entgegengehend, Abschied nehmend, traurig, hoffend, verliebt, verlassen, hungrig, betrunken, schimpfend, protestierend, drohend, erschreckend, dämonisch, naiv, abgearbeitet, kraftvoll, zögernd, zaudernd, vehement, eilig, gemächlich, soldatisch, bürgerlich, kindlich, greisenhaft, beamtenhaft, wie alte Ritter, wie Stenotypistinnen.

Sobald er aber anfing, Frauen zu spielen, wurde es unfreiwillig komisch. Er geriet dann leicht in die Parodie. »Schade«, sagte er, »dass keine Kollegin hier ist, die könnte Ihnen zeigen, wie eine Braut, wie eine gerade Geschiedene geht oder eine Mutter mit ihrem Baby. Oder wie eine Großmutter ihre Enkelin oder ihren Enkel ausfährt – und welche Figur ein Großvater dabei macht.«

Herr Schmatz versuchte beide zu spielen. Die Großmutter kroch fast in den Kinderwagen, der Großvater schob den Wagen mit weit von sich gestreckten Armen. »Sie sehen, der Mensch ist auf vielerlei Arten beweglich und zu bewegen.«

Weder Max noch Alexander noch Elfi oder Lilli hätten soviele Bewegungen zusammen bekommen, wie Herr Schmatz sie sich ganz ohne Mühe aus dem Ärmel zu schütteln schien. »Das ist aber noch längst nicht alles«, meinte Herr Schmatz, »Ein Mensch geht nicht mit den Beinen allein. Zu jedem Gang gehört nicht nur eine ganz bestimmte Bewegung des Körpers, sondern auch die der Arme, des Atmens, der Augen!«

»Das ist doch krass«, sagte Max halblaut, »wie kriegt man das denn alles zusammen? Wenn man an all das dauernd denken muss, kann man doch gar nicht mehr spielen.«

Das griff Herr Schmatz natürlich sofort auf, »Das hast du toll gesagt, aber darin liegt die ganze Kunst eines Schauspielers: All diese Bewegungen aus dem Unterbewussten zu entwickeln, zu formen, zusammenzufügen und trotzdem ganz natürlich zu wirken, so, als ob man sich dessen gar nicht bewusst wäre. Denn mit dem Bewusstsein müssen wir uns an die Texte erinnern, sie sprechen, die Sätze wirkungsvoll formulieren, die Gedanken betonen, auf unsere Spielpartner eingehen.«

Alexander war schon ganz schwindlig, Elfi hatte es schon längst die Sprache verschlagen, Lilli stand der Mund offen. Was war das denn für ein Beruf?! Das klang alles sehr anstrengend. Und Auswendiglernen und Behalten mussten sie das, was sie da spielen sollten, ja auch noch. Und nicht nur die Texte, sondern noch die Bewegungen und die Betonungen dazu.

Herr Schmatz begeisterte sich zunehmend daran, seinem Publikum die Schauspielkunst in mundgerechten Häppchen zu servieren. Sie erschien ihm auf einmal als eine Zusammensetzkunst: »Und dann dürfen wir ja nicht nur auf unsere Kollegen auf der Bühne achten und die Figuren, die sie darstellen. Wir müssen auch noch so spielen, dass das Publikum begreift, was wir machen. Wir müssen uns immer bewusst sein, wie wir auf die Menschen wirken und was wir auslösen, Nachdenken oder Begeisterung. Denn das Schlimmste ist, wenn die Stimmung im Zuschauerraum kippt, das spüren wir auf der Bühne, davon werden wir dann auch erfasst, und der Abend geht kaputt.«

Es war schon allerhand, was Herr Schmatz da erzählte. Der Schal war ihm vor lauter Aufregung von der Schulter gerutscht, er warf ihn wieder in Position und beantwortete die Frage einer Abonnentin, wie man denn einen Text über so viele Wochen behalten könne: »Ach, wissen Sie, das ist Übung. Mnemotechnik«, sagte er, obwohl die Dame bei dem Wort mit den Schultern zuckte und ihn fragend anschaute, »Mnemotechnische Methodik«, wiederholte er. Sie lächelte verunsichert und gab es auf.

Da beschloss Schmatz, seinem Publikum eine kleine Kostprobe seiner Zusammensetzkunst zu spendieren. Er konzentrierte sich einen Augenblick, um sich in die Rolle des Caligula zu versetzen. Auf einmal rief er mit großer Gebärde: »Ich will den Himmel dem Meere vermischen, Häßlichkeit und Schönheit vermengen, dem Leiden Gelächter entlocken! ... der Mond in meiner Hand, dann werde vielleicht ich selber verwandelt und die Welt mit mir, dann endlich werden die Menschen nicht mehr sterben und glücklich sein.«

Herr Schmatz kam jetzt richtig in Fahrt und wollte gar nicht mehr aufhören, bis er endlich mit dem Satz schloss: »Ich werde ihnen zeigen, was sie noch nie gesehen haben: den einzigen freien Menschen in diesem Reich.« Er suchte nach einem Spiegel, schob ihn aus einer Ecke heraus, stellte sich davor und rief triumphierend seinen Namen: »Caligula!«

Uff, das war schon beeindruckend. Alle staunten. Herr Schmatz war komplett in seiner Rolle abgetaucht, hatte eine Privatvorstellung gegeben, sich mit Caligula, Caligula mit sich verschmolzen, bis beide in eins vor dem Spiegel sich bewundernd ihren einzigen Namen riefen: »Caligula!« Mit Ausrufezeichen. Die Damen und Herrn spendeten spontan Beifall, auch Elfi, Lilli, Alexander und Max.

Herr Schmatz lächelte, verbeugte sich und war bereit für die nächsten Fragen: »Wie oft proben Sie denn?«, fragte eine Frau von etwa sechzig, die in ihrem Haushalt sicher keinen Raum mehr für Proben hatte. »Wir proben morgens bis in den frühen Nachmittag, und wenn wir abends selbst nicht auf der Bühne stehen in anderen Rollen, dann proben wir auch abends, manchmal bis spät in die Nacht«, sagte Herr Schmatz.

Und wie um das Maß voll zu machen, fügte er noch hinzu, »Manchmal proben wir auch sonntags, wenn die Zeit knapp wird. Aber dazu braucht man eine extra

Genehmigung. Das kostet dann auch extra.« Das führte direkt zu der Frage, was ein Schauspieler so im Monat verdiente. Die Antwort war ernüchternd: »Die besten Schauspieler beziehen gar keine Monatsgagen, sondern spielen für Abendgage. Pro Abend zweitausend Mark, oder sogar dreitausend Mark.«

Schmatz, der sich offenbar auch mit der Geschichte seines Berufs auskannte, sagte: »Diese Gagen gab es vor dem ersten Weltkrieg, im alten Kaiserreich, also vor fast hundert Jahren, auch schon. Das war damals viel mehr Geld. Große Namen wie Josef Kainz oder die Duse haben solche Gagen bekommen.«

Ob es schwierig sei, sich eine Karriere aufzubauen?

»Es braucht viel, viel Glück. Anfangs, frisch von der Schauspielschule, ist es noch leicht. Die Theater nehmen gerne Anfänger, weil die noch billig sind. Sind zwei, drei Jahre um, sollte langsam der erste feste Vertrag kommen. Das wird dann schon schwieriger.

Dann das Vorsprechen an den Theatern: Es wird geprüft, wie gut man den Intendanten oder dem Dramaturgen gefällt. Gefällt man, prüfen sie aber trotzdem, ob man auch ins Ensemble passt. Hat man Glück und wird engagiert, wartet man auf seine Rollen.

Dann sollte man die richtigen Rollen zur rechten Zeit bekommen und sie auch so gut spielen, dass die Kritiker aufmerksam werden und einen loben, damit man wieder neue Rollen bekommt... Und so läuft das ein ganzes Leben lang.«

Herr Schmatz wurde nicht fertig, die Tücken seines Berufs aufzuzählen: »Das ist kein leichter Beruf, dauernd Bewährung, dauernd Selbstbehauptung. Es hängt viel davon ab, ob der Regisseur einen mag, ob er einem im Stück eine Rolle gibt, ob er einen fördert. Es ist ein täglicher Kampf ums Glück.« Die älteren Herrschaften bestaunten Herrn Schmatz. Ob er ein glücklicher Mensch war?

Max erhielt einen unverhofften Einblick in die Tiefen und Höhen seines neuen Wunschberufs. Abends im Beifall der Zuschauer an der Rampe stehen, wie schön musste das sein. Lilli hatte von dem Schauspieler erzählt, der sie zum Lachen gebracht hatte. Der hatte nur für sie gespielt und der ihr zugewinkt, als die Zuschauer ihn am Ende feierten.

Herr Schmatz, der für Max schon längst zum Vertreter aller Schauspieler geworden war, lebte für den Beifall. Was passierte, wenn das Spiel misslang? Wenn der Abend kippte? Wie ging es dann weiter? Max sagte zu Alexander: »Da braucht man wohl eine dicke Haut, wegen all der Enttäuschungen.«

Alexander nickte, »Die gehört dazu. Ohne Durchhalten gibt es keinen Erfolg.« Das war klug und vorausschauend gedacht. Alexander hatte schon einen kleinen Begriff davon. Auch er musste seine Rolle als Primus behaupten. Denn dem Primo neideten viele den Erfolg, und auch den Primum hätten sie gerne scheitern sehen.

Die Fragerunde ging weiter. Einer der älteren Herren wollte wissen, wie oft man denn im Leben die Theater wechselte.

»Dafür gibt es keine Regel«, erklärte Herr Schmatz, »Man wird engagiert, behalten, gekündigt. Der Schauspielerberuf ist noch immer ein Beruf des Umherwanderns, wie damals am Anfang.

Wir ziehen aber nicht mehr mit dem Pferdefuhrwerk herum; mit Bahn, Flugzeug oder Auto geht heute alles viel leichter.

Viele von uns sind schon gar nicht mehr Teil eines Ensembles, sondern auf dem sogenannten freien Markt unterwegs. Sie verpflichten sich für eine Rolle und reisen nur zu den Vorstellungen an, aus Heidelberg oder nach Heidelberg, aus Hamburg oder nach Hamburg oder Osnabrück, wo sie eben gerade gebraucht werden. Viele machen nur noch Fernsehen. Das wird auch viel besser bezahlt.«

Alle hörten aufmerksam zu. »Mit den Fernseh-Gastspielen«, sagte eine der Damen, »ist die Not ja wohl behoben, nicht?«

»Ach«, sagte Herr Schmatz, »das stimmt schon, einerseits. Aber es gibt viele arbeitslose Schauspieler, und noch mehr, die sich nur von Rolle zu Rolle hangeln. Es gibt aber auch viele bekannte Schauspieler, die oft monatelang auf Rollen warteten und nicht alles annehmen können. Eben weil sie bekannt sind und auf ihren Ruf achten müssen. In den Freien Gruppen, also den kleinen Ensembles, die nicht in den großen Theatern spielen, gibt es viele, die nie ein Engagement bekommen und ihr Geld auf andere Weise verdienen müssen.«

Die Fragen und Antworten eröffneten einen Abgrund voller Gefahren und Mühsal. Dennoch endete der Morgen damit, dass Herr Schmatz noch von seinen Erfolgen und den schönsten Stunden erzählte: »Da kann man richtig reinfliegen in den Beifall, und sich in der Gunst des Publikums wiegen.«

Elfi sagte: »Wenn man das so hört, bekommt man trotz allem Lust auf den Beruf. Ist aber bestimmt nicht leicht.« Lilli überlegte laut: »Vielleicht wird es leichter, wenn du eine schöne Frau wirst.« Alexander sah sich zu ihr um und dachte: *Na, bei dir könnte das schon was werden mit der Schönheit.* Aber Max meinte nur: »Schönheit ohne Können nützt nichts. Schönheit alleine ist langweilig.«

Er erinnerte sich, was Frau Dr. Schlösser, die Kakteen so liebte, mal über die unscheinbaren Epiphyllen gesagt hatte, die aber die allerschönsten Blüten hervorbringen: »Auch in der Hässlichkeit verbirgt sich oft eine ungeahnte Schönheit.«

Als sie das Theater verließen, kam ihnen eine der Schauspielerinnen entgegen. Sie war ziemlich groß, hatte strahlend blaue Augen, lockiges Haar, lachte und winkte Herrn

Schmatz und seiner Gruppe zu. Kurz bevor sie sich trennten, gab Alexander Lilli scheu die Hand und fragte: »Hättest du mal Lust, zusammen ins Kino zu gehen?« Lilli überlegte, ob der ganz junge Herr Schmatz wohl auch mal so einer gewesen sei, wie Alexander der Große. »Mal sehen«, sagte sie.

Draußen trafen sie wieder auf Kuno Stemmröder. Er verabschiedete seine Gruppe, kam herüber und fragte Max: »Habt ihr auch was gelernt, heute?« Max sagte nur: »Und ob.«

Eine nicht sehr nette alte Dame

Herr Stimpel war glücklich, als die Klasse ihm am darauffolgenden Montag vom Tag der Offenen Tür erzählte. Er
hatte schon ein schlechtes Gewissen gehabt, weil die ver-
sprochene Theaterprobe kurzfristig abgesagt worden war.
Insgesamt waren neun Schüler im Theater gewesen, wenn
auch in verschiedenen Gruppen. Fritz sagte: »Verdammt!
Wenn ich das gewusst hätte! Ich musste mit meinem Vater
zu 'nem Termin ins Rathaus!«

Alle mussten erzählen, was sie erlebt hatten. Alexander
hatte die Szene mit Caligula vor dem Spiegel sichtlich beeindruckt. Herr Stimpel musste ihn bremsen, sonst hätte
er gar nicht mehr zu reden aufgehört. Adrian meldete sich,
»Wir waren im Fundus, da wo wir mit der Klasse nie
hingekommen sind.«

Er musste etwas ausführlicher berichten. »Da hat es
endlose Gänge«, sagte Adrian, »Da hängen alle Kostüme
herum, die im Theater je gebraucht wurden.« Er hatte natürlich einen Ritterhelm anprobiert und sich einen
Brustpanzer umschnallen lassen: »Der war mir aber viel
zu groß. Da gab es aber auch große Prunkgewänder für
Könige und Königinnen, sogar für Scheichs mit Turban,
Soldatenuniformen, Fracks für Kellner oder für Festlich-
keiten. Und erst der Frauenstaat –«,

Adrian hatte das Wort von seiner Mutter, die immer,
wenn sie ihren Kleiderschrank aufmachte, von ihrem *Frauenstaat* sprach. »Also, ich mein die Kostüme für die weib-
lichen Rollen. Eine aus der Gruppe war da ganz aus dem
Häuschen. Ob man das ausleihen kann, hat sie dauernd
gefragt. Da hat der Fundusverwalter gesagt: ›Ja, ausleihen

können sie schon. Für einen großen Ball finden Sie hier immer was. Die ganze Welt ist in unserem Theater, und alle Zeiten auch. Wir haben sogar ein Kostüm für eine Madame Pompadour.‹ Da haben dann alle gelacht. ›Aber umsonst gibts hier nix‹, hat der Mann dann noch gesagt. Eine ganze Stunde waren wir im Fundus, da standen ja auch noch alte Möbel herum, Sofas, Sessel, Tische, es war das reinste Museum.«

»Wie in der Requisite!« rief Max. Herr Stimpel bedauerte laut, dass der Besuch des Fundus ausgefallen war: »Der ist aber auch ein Stück weit weg vom Theater, in einer Halle.« Er fügte die Stunde ein in seine Mappe zum *Projekt Theater.* Dann tat er so, als hätte er in der Mappe was entdeckt, er guckte geheimnisvoll, zog schließlich einen Faltplan heraus, fasste ihn mit zwei Fingern und schleuderte ihn so gekonnt von sich, dass er sich vollständig auf seinem Pult entfaltete.

»Haben Sie das zuhause geübt?«, fragte Paule, der sich an einen Zauberer erinnerte, der so die Spielkarten von sich warf und wieder zurückzog, dass sie wieder in seine Hand kamen.

Herr Stimpel lächelte geschmeichelt. Er hob den Faltplan hoch und zeigte ihn herum, dass die ganze Klasse lesen konnte: *Spielplan der Städtischen Bühnen*: »Wie fändet ihr es, wenn wir jetzt endlich mal gemeinsam eine Aufführung besuchten?« Alles jubelte und sie gingen der Reihe nach die Stücke durch, die in nächster Zeit auf dem Spielplan standen.

Herr Stimpel meinte irgendwann: »Ja, *Besuch der alten Dame* ist am Donnerstagabend und würde auch nicht ganz so spät enden. Das wäre doch was, und das kriegen wir auch bis zur kommenden Woche hin.«

Am Mittwoch darauf, kurz nach dem Beginn der Deutschstunde, klopfte es an der Tür des Klassenzimmers: Herr Stemmröder stand davor. Herr Stimpel hatte ihn eingeladen, um den *Besuch der alten Dame* vorzubereiten. »Gehört alles zur Öffentlichkeitsarbeit«, sagte Herr Stemmröder.

»Aber ist das nicht Birgitts Aufgabe?«, rief Kurt dazwischen. Stemmröder sagte: »Normalerweise schon, aber Dürrenmatt ist mein Spezialgebiet als Dramaturg.«

»Hahahaha«, rutschte es aus Paule heraus, »Dürrenmatt? Was ist denn das für ein Name? Dürre Matte? Ach, wie macht die Dürre matt?«

Herr Stimpel sagte streng: »Mit Namen spielt man nicht. Sollen wir mal mit deinem Namen spielen, Paul Klappe? Hast du ja wohl auch nicht gern.« Alle kannten Pauls Nachnamen, dachten sich aber nicht viel dabei, wenn sie Paul *die Klappe* nannten. Für sie gehörte *die Klappe* einfach zum Paul dazu, groß genug war sie ja. Paule hatte es auch gleich eingesehen und guckte ein bisschen betreten zu Boden, aber das dauerte normalerweise nicht lange.

»Also ihr wollt morgen zur Vorstellung von *Der Besuch der alten Dame*. Der Schweizer Schriftsteller Friedrich Dürrenmatt hat das Stück geschrieben. Ich erzähle euch erst mal ein wenig davon.« Kuno Stemmröder brauchte keinen Notizzettel, er kannte das Stück in- und auswendig.

Er begann mit dem armen Ort Güllen: »Es geht um eine sehr reiche Frau, die kehrt in ihre alte Heimat zurück und hat noch eine Rechnung mit ihrem alten Liebhaber offen. Der hatte sie schwanger sitzen gelassen und dafür gesorgt, dass die Leute schlecht von ihr dachten und sie vergraulten. Jetzt ist sie zurück und bietet genau diesen Leuten eine Milliarde an.«

Herr Stemmröder sah sich in der Klasse um: »Könnt ihr euch vorstellen, was man sich mit Geld alles erkaufen

kann? Kann man das wirklich? Die Frau, die da zurück-
kommt, hat haufenweise Geld. Sie bietet den Leuten in
Güllen eine Milliarde und sagt: *Dafür verlange ich...*«
Er ließ erst mal weg, was die Frau verlangte: »Was meint
ihr? Sagen die Güllener: Nein, das wollen wir nicht, wenn
daran eine Bedingung geknüpft ist?«

Die Klasse war ganz ruhig, selbst Paule schwieg. Alexander der Große dachte angestrengt nach, ebenso wie sein
Rivale Kurt. »Eine Milliarde! Die wären doch allesamt
dumm, wenn sie die nicht nähmen«, meinte Joachim. Er
war mit der Meinung nicht allein, aber Fritz war sich da
nicht so sicher: »Kommt drauf an, was sie fordert. Aber
wenn der Ort wirklich so arm ist, können sie das Geld
bestimmt gut gebrauchen.«

Herr Stimpel nickte, er stand neben dem Dramaturgen,
und beobachtete, wie die Diskussion Fahrt aufnahm. Jetzt
zeigte Eva auf: »Ich hätte gesagt: Gute Frau, sagen Sie
uns, was wir dafür tun sollen, dann sage ich Ihnen, ob wir
es tun können.« Das war dann allgemeiner Konsens.

»Hört gut zu«, sagte Stemmröder, »was die alte Dame
verlangte: Die Leute von Güllen sollten ihren alten Liebhaber, also den, der sie einst verraten hatte, ermorden.«
Stemmröder hörte, wie die ganze Klasse für einen Moment
deutlich nach Luft schnappte, sie murmelten kurz und
erregt, dann war es erst mal wieder für eine Weile ruhig
im Klassenzimmer.

»Das geht nicht«, brach Max das Schweigen. »Pfui!«,
rief Michaela, »sowas würde eine Frau niemals verlangen.«
Alexander sprang auf und sagte gestochen scharf: »Das
ist unmoralisch und unmenschlich. Leute, die sowas verlangen, müsste man bestrafen.« Alle waren empört. Aber
dann stand Konrad auf, wandte sich gegen die Klasse
und sagte laut: »Das kommt doch überall vor. Habt ihr
noch nichts von bestelltem Mord gehört? Manche Leute
nehmen für alles mögliche Geld.«

Herr Stimpel hielt sich zurück, beobachtete aber die Klasse weiterhin ganz genau. Er fand das alles unerhört spannend. Kuno Stemmröder sagte: »Genau das taten die Leute von Güllen. Sie verfolgten den Mann, töteten ihn, bekamen ihre Milliarde.« – »Und die Frau«, fragte Kurt, »kommt die einfach so davon?« – »Nicht nur das«, sagte der Dramaturg, »Sie nimmt ihren toten Freund sogar im Sarg mit.«

»Das ist echt ein Theaterstück?«, fragte Paule. »Ja«, sagte Herr Stemmröder und sah Paule an, »Warum wohl hat der Dürrenmatt so was geschrieben?« Paule sagte: »Na, um die Zuschauer zu ärgern.« Das reichte Stemmröder aber nicht: »Ärgern geht in die richtige Richtung. Hast du das noch genauer? Worüber sollen die Zuschauer sich denn ärgern?« Paul überlegte und sagte dann: »Dass die Leute von Güllen das zulassen und machen.«

Jetzt trumpfte Stemmröder auf: »Wer sind denn die Leute von Güllen. Sind die nicht wie wir alle?« Große Empörung in der Klasse: »Wir sind ganz bestimmt keine Güllener«, rief Max. »Überlegt doch mal«, konterte der Dramaturg, »könntet ihr nicht so allmählich zu Güllenern werden, wenn euch die Armut drückt und euch die Lust an so viel Geld packt?«

Er erzählte dann weiter: Wie die Güllener sich anfangs noch wehren, doch so langsam auf den Geschmack kommen. Wie sie sich Dinge auf Pump kaufen, wie sich die Gier auf das viele Geld bei ihnen einschleicht und sie so nach und nach zu Mördern macht. »Ihr werdet das morgen auf der Bühne sehen. Dann solltet ihr euch mal fragen, wie ihr euch verhalten hättet.« Das war ja spannend. Da musste man wohl mitdenken, also genau aufpassen.

»Versteht ihr, warum der Dürrenmatt das Stück genau so geschrieben hat?«, fragte der Dramaturg. Michaela tuschelte mit Eva, ihrer Nachbarin. »Michaela, sag es laut«, rief Herr Stimpel. Sie druckste nur herum. »Vielleicht«,

sagte sie, »Vielleicht, weil...« »Na, komm schon, sag es!«
»Äh, vielleicht, weil...« Da stand Eva auf: »Sie hat mir
gesagt: Damit wir uns erschrecken und sagen, das darf
nicht sein.«

»Gut!«, riefen Herr Stemmröder und Herr Stimpel wie
aus einem Mund. Alexander sagte: »Das ist dann ja ein
sehr moralisches Stück.«

Für Kuno Stemmröder war es das Stichwort, um einen
kleinen Vortrag über *Die Aufgabe des Theaters in unserer Gesellschaft* zu halten. Und darüber, *wie wir unsere
Arbeit verstehen*: »Wir nennen das Theater auch mit
unserem großen Dichter Friedrich Schiller eine *moralische
Anstalt.*«

Paule verdrehte die Augen: »Da gibt's dann ja garnix
mehr zu lachen«, rief er, aber Max schnodderte zurück:
»Meinste, die Leute würden dann überhaupt noch freiwil-
lig hingehen?«

Kuno Stemmröder hatte gedacht, er hätte einen guten
Abschluss gefunden. Nix war's, Pustekuchen! Diese jungen Theaterfreunde – er kannte die Burschen noch vom
letzten Mal – waren härtere Kunden als die Abonnenten,
mit denen er schon oft genug heftige Diskussionen geführt
hatte. »In so'n Stück würde mich meine Mutter nie gehen
lassen«, rief Eva. »Meine auch nicht«, meldete sich Ludwig zu Wort.

Stemmröder winkte ab: »Die Handlung klingt schlimmer, als das Stück auf der Bühne gespielt wird. Dürrenmatt ist ein Satiriker. Er hat die Dialoge im Stück so
geschrieben, dass ihr über Sachen lachen werdet, über die
ihr normalerweise gar nicht lachen könntet. Er stellt ein
erschreckendes Bild über das Handeln von Menschen vor
uns hin, das wir aber mit erschrecktem Vergnügen sehen
sollen.«

»Wie kommen Sie denn auf das schmale Brett? Mord
ist Mord«, rief Eva.

»Der Dichter spielt hier mit unseren mörderischen Instinkten, verurteilt aber das gezeigte Verhalten. Was in Güllen passiert, zeigt den schlechtestmöglichen Zustand der Welt, wo Korruption und Unmenschlichkeit zu Hause sind.« Stemmröder beendete seinen Satz, zog ein Taschentuch hervor und tupfte sich ein bisschen Schweiß von der Oberlippe.

»Und er nennt seinen Ort ganz eindeutig Güllen«, schaltete sich Herr Stimpel in die Debatte ein. »Was heißt denn nun das wieder?«, fragte Max. Stemmröder holte aus: »Was ist Gülle? Wisst ihr denn überhaupt, was das ist?«

Alexander der Große meldete sich zögerlich: »Das Wort habe ich mal in einer Radiosendung über Landwirtschaft gehört. Da hat jemand gesagt: Was machen wir mit der Gülle? Es ging da ums Überdüngen.« »Heiß«, sagte Kuno Stemmröder und traf einen Nerv bei der Klasse. Sie alle liebten ein gutes Heiß-Kalt-Spiel, mit dem sie Begriffe erraten konnten. Das kannten sie schon von Herrn Reckta. »Güllen erinnert mich an *gültig*«, rief Rudi auch schon.

»Uuuh-kalt, ganz kalt«, sagte Stemmröder, wickelte sich seinen Schal etwas fester um den Hals und tat so, als ob er bibberte. Aber Herr Stimpel wandte ein: »Ich würde mal lauwarm sagen, nachdem es grade schon heiß war. Natürlich kann man in dem Ort Güllen auch eine Situation erkennen, die gültig ist, also ein treffendes Bild ergibt.«

»Najaaa...«, sagte der Dramaturg, rieb sich die Hände aneinander und pustete hinein, »mir wäre eine heißere Antwort aber trotzdem lieber.«

Kurt jonglierte das Wort auf den Lippen und schnippte mit den Fingern, als wollte er es aus seinem Kopf herausziehen. »Gülle, Gülle, Gülle, Gülle...« Auf einmal rief er: »Ich habs! Das ist ein anderes Wort für Jauche.« – »Du hast es!«, Kuno Stemmröder klatschte fest in die Hände,

»Genau so sieht Dürrenmatt diesen Ort, mit der Jauche schlechten Verhaltens übergossen und zwar ausnahmslos alle Beteiligten. Auch die alte Dame aus Amerika ist eine schreckliche Figur, die ihr Geld als Mittel zur Erpressung einsetzt.«

Die Klasse war ein bisschen enttäuscht über das viel zu kurze Spiel, aber Herr Stimpel freute sich, dass die Stunde zu einem so guten Ende gekommen war. Herr Stemmröder zitierte noch einen Satz von Dürrenmatt, mit erhobener Stimme, gleichsam als Schlusspunkt: »Ich beschreibe Menschen, nicht Marionetten, stelle eine Welt auf, keine Moral.«

Alexander sah auf die Uhr. Er hätte den Dramaturgen so gerne noch gefragt, wie das dann mit der *Moralischen Anstalt* sei, von der er vorhin gesprochen habe, wenn der Herr Dürrenmatt ausdrücklich sage, er stelle keine Moral auf. Das war ihm plötzlich nicht mehr so klar. Aber Herr Stimpel hatte das Gefühl, bestens für die Vorstellung gewappnet zu sein. Er sagte: »Danke, Herr Stemmröder, dem Besuch unserer Klasse im Theater steht nun nichts mehr im Wege.«

Paule lachte plötzlich laut auf: »Aber *so alt* sind wir doch alle noch gar nicht und Geld haben wir auch keins!« Antonia rutschte fast unter die Bank vor Lachen und alle anderen redeten laut durcheinander. Herr Stimpel warf einen scharfen Blick in die Runde. Er überlegte kurz, ob er zwecks Dämpfung der Rasselbande noch einen Aufsatz als Hausaufgabe schreiben lassen sollte, ging dann aber doch mit Herrn Stemmröder durch die Tür.

Kaum war er raus, dichtete Kurt ihm hinterher: »Er wird sich seinen Wunsch erfüllen: Morgen führt er uns nach Güllen.« – »Haltet euch die Nase fest, in Güllen stinkt es wie die Pest«, juchzte Paule und Rudi deklamierte: »Und hat man nur genügend Geld, stinkt irgendwann die ganze Welt«, und kletterte auf seinen Stuhl.

Max fragte sich, was in sie gefahren war. Der Clown in ihm, der immer schwächer wurde, erkannte, welche Clownerien in der Rasselbande heranwuchsen. Selbst der kleine Ludwig, der doch immer sagte, er komme aus einem *besseren Haus*, stand auf dem Podium und rief: »Seht, wie ich in der Börse krame: Ich spiele eine alte Dame.« Nur gut, dass Herr Stemmröder und Herr Stimpel längst das Weite gesucht hatten.

Nachts hatte Max einen merkwürdigen Traum. Doch als er mit Elfi am Frühstückstisch saß, und versuchte, ihr davon zu erzählen, merkte er, dass er ihn nicht mehr so richtig zusammenbekam: »Ich war ein Clown und da war ein großes Publikum, das mir aber den Rücken zuwandte und mich auslachte ... Ich konnte aber nicht sprechen ... Dann bin ich von einem Tisch gefallen und irgendwie waren da noch der Ludwig und der Herr Stemmröder ... und wir schwebten durch einen riesigen leeren Saal und ich hatte Angst, zu fallen ... und, hm, weiter weiß ich wirklich nicht.«

Elfi fand das schade. Ihr Deutschlehrer, Herr Dr. Emrich, führte mit seiner Klasse seit einiger Zeit ein Traumtagebuch. Das hatte sie neulich, als sie aus der Schule kam, ganz stolz verkündet. Fünf Träume hatte sie schon beigesteuert. »Ich glaube, mit deinem Traum könnte er nicht viel anfangen, das ist ja viel zu wenig Dicht-Material«, sagte sie zu Max. »Herr Dr. Emrich hat gesagt, wir sollen Träume sammeln, damit wir sehen können, wie es in uns dichtet. Weil wir alle poetische Naturen sind, und so.«

Als Max fragte, was eine *poetische Natur* sein solle, sagte sie: »Also, äh, poetisch ist, poetisch ist, umm...«, aber jetzt kam sie nicht mehr weiter und knabberte verlegen an einem Stück Toast. Dann hatte sie doch einen Einfall: »Vielleicht bist du ja eine poetische Natur mit deinem Theater-Hau.«

Max zog die Augenbrauen hoch: »Ich hab ja wohl bitteschön keinen Hau. Ich übe nur den«, – wie war das, was hatte der Herr Dr. Weit ihnen beigebracht? – ach ja: »den Theaterblick. Vielleicht ist das ja auch sowas Poetisches. Frag doch mal den Dr. Emrich.«

»Meinste, der weiß echt, was ein Theaterblick ist?« Elfi fragte den Herrn Dr. Emrich noch am selben Tag danach. »Der Doc Emrich weiß nix von einem Theaterblick und wahrscheinlich hat er auch gar keinen«, verkündete sie stolz beim Mittagessen.

Ihr war ein bisschen mulmig gewesen, aber dann hatte sie sich doch getraut, die Frage zu stellen und das hatte irgendwie schon Spaß gemacht. Elfi wunderte sich, wie gut sie sich neuerdings mit Max unterhalten konnte.

Spätnachmittags ging es mit dem Bus ins Theater. Max war aufgeregt. Um fünf Uhr sollten sie alle am vereinbarten Treffpunkt sein: vor der Schule. Adrian war längst da, und schaute immer wieder auf die Uhr. Auch Rudi, der sonst immer zu spät kam und heute vor der Zeit da sein wollte, trat von einem Bein auf's andere und war ganz aufgekratzt.

Der kleine zarte Ludwig hibbelte herum, dafür war Jochen, der gern den Besserwisser gab, ungewöhnlich ruhig, und auch Paule hielt ganz Paule-untypisch seine berüchtigte Klappe. Alexander trug zur Feier des Tages ein Hemd und hatte sich eine Krawatte umgebunden. Fritz war das Sakko seines Vaters noch viel zu weit.

Knapp fünf Minuten vor der Abfahrt waren endlich auch alle jungen Damen da und einige von ihnen hatten sich schwer herausgeputzt: An Michaelas Hals blitzte etwas, sie hatte sich von ihrer Mutter wohl eine Kette geborgt. Conny und Antonia hatten irgendwas mit ihren Haaren angestellt. Andrea trug einen roten bauschigen Rock. Nur Eva trug einen ihrer üblichen Overalls, aber mit einem glitzernden Gürtel, immerhin, und ihre Augen wirkten noch dunkler als üblich.

Herr Stimpel, der einen dunklen Anzug mit Fliege und sogar Lackschuhe trug, hob den Kopf und zählte einmal durch. Alle waren da bis auf Kurt, den die Mutter im Auto brachte, gerade noch rechtzeitig. Herr Stimpel nutzte dann die Fahrt und erzählte noch einmal die Handlung in groben Zügen, damit sie alles gut verstünden. Paule wollte davon gar nichts hören: »Das nimmt doch die ganze Spannung raus«, sagte er zu Antonia, die neben ihm saß.

Die nickte: »Das hab ich zu meiner Mutter auch gesagt, dass die ganze Spannung raus ist, weil uns das der Stemmröder schon alles vorgekaut hat. Aber sie meinte, im Theater käme es gar nicht darauf an, ob man die Handlung vom Lesen oder aus der Nacherzählung schon kennt.

Gute Theaterstücke, hat sie gesagt, kann man immer wieder sehen, weil sie auf der Bühne immer neu und immer anders sind. Wenn sie das nicht schaffen würden, könne man sich ja ein Stück gar nicht ein paar Mal ansehen. Das wäre ja schlimm für die Theater. Wo sollten denn dann die Besucher herkommen?«

»Na«, meinte Paule nur, »dann wollen wir wir mal schwer hoffen, dass deine Mutter auch wirklich recht hat.«

Das Theater war am Abend ganz anders, als sie sich das ausgemalt hatten. Die Leute drängelten sich bereits auf dem Theaterplatz. Viele kamen in schwarzen Kleidern oder dunklen Anzügen und sahen ganz festlich aus. Einige der Frauen waren schwer mit Schmuck behangen, manche hatten sich sogar kleine Pelzchen um die Schulter gewickelt, obwohl es gar nicht so kalt war. Andere kamen im Pullover, im offenen Hemd, oder gleich in Jeans und unfrisiert, fast wild und mit Umhängetaschen. Sie beobachteten einander, warfen sich Blicke zu, tuschelten, riefen winkend, wenn sie andere erkannten: »Hallo!«

Im Foyer prosteten sie sich mit Sekt oder Selters zu. Das Theater war schon in vollem Gange, ehe das Stück überhaupt losgegangen war. Wenn man das Treiben im Foyer beobachtete, konnte man denken, man sähe ein großes Menschengemälde. Als es klingelte, stellten viele ihre Sekt- und Wassergläser einfach ab, wo sie standen. Herr Stimpel rief: »Beisammen bleiben!« Sie traten durch die hohe Pforte, die Eintrittskarten wurden kontrolliert und eingerissen, Herr Stimpel suchte die Plätze. Reihe elf und zwölf. Jeweils die Plätze sieben bis sechzehn und die siebzehn in der zwölften Reihe. Die zwanzig Mädchen und Jungen aus der 8. Klasse des Schiller-Gymnasiums saßen hintereinander auf den besten Plätzen des Hauses.

Herr Stimpel hatte gut gewählt und dafür gesorgt, dass er sein wachsames Auge immer auf seiner Rasselbande hatte. »Wenn es anfängt, wird weder gepfiffen noch gejohlt«, sagte er warnend. Dafür kannte er den Paule schon zu gut. Max, Kurt, Fritz und Ludwig hätten bestimmt auch gleich mitgemacht. Also!

Max war derweil mit etwas anderem beschäftigt: Vorne auf der Bühne war überhaupt kein Vorhang. Es gab also gar nichts zum Aufziehen. Hatte nicht irgendwer mal gesagt, das sei *die* magische Sekunde: das Warten und Lauern, bevor der Vorhang aufging? Hier sah man nur in ein großes schwarzes Loch. Einige Gegenstände waren darin mehr zu ahnen, als zu erkennen. Antonia stieß Kurt in die Seite und fragte, ob er irgendwas erkennen könne. Kurt sagte halblaut: »Güllen.«

Plötzlich verstummte das allgemeine Gemurmel im Publikum, auf der Bühne ging langsam ein Licht an, und man sah in die andere Welt; und wirklich, Kurt hatte recht. Da stand »Güllen«, es war die Aufschrift auf dem verwahrlosten Bahnhofsgebäude. An einer Tür hing ein Schild »Eintritt verboten«, auf einer Bank saßen vier Männer mit einem Schild, »Willkommen Kläri.«

Ein Zug raste donnernd vorbei, wie mitten durch den Saal. Man hörte nur den Lärm, die vier auf der Bühne bewegten ihre Köpfe von rechts nach links. Und noch einmal das gleiche. Paule sagte, »Das soll wohl bedeuten, dass die hier warten und dass die Schnellzüge hier vorbeifahren.« Kurt machte, »Pschschscht« – er wollte nicht belehrt werden, er verstand das von alleine.

Dann kam wieder ein Zug. Diesmal einer, der hielt. Man hörte die Dampflok. Ein Ruf ertönte: »Güllen!«, schnell ein Schülerchor auf die Bühne zum Empfangsgesang. Nur einer stieg aus. Bürgermeister, Lehrer und der Pfarrer standen da und warteten. Sie sprachen über die Not der Stadt. Dann raste ein neuer Schnellzug heran. Die Bremsen quietschten. Was war das? Eine Dame stieg aus. Mit ihr die Dienstboten. Und eine alte Dame: Claire Zachanassian.

Die Milliardärin hatte die Notbremse gezogen. Sie konnte sich das leisten. Es kostete Strafe. Sie kam nicht mit dem einfachen Zug um einuhrdreizehn. Sie stand da: eine Dame von Welt. Schwer behängt mit Schmuck. Der Zugführer tobte. Sie sagte stolz: »Ich ziehe immer die Notbremse.« Der Bürgermeister war verwirrt. Nichts klappte. Michaela staunte: Das war mal eine Frau! So hatte sie sich die nicht vorgestellt, so mächtig, so kraftvoll, so imponierend, so mit Geld um sich werfend. Conny im Sitz neben ihr vergaß fast zu atmen.

Und die Männer? Alexander wunderte sich über diese Männer: diese falsche Freundlichkeit, diese Unterwürfigkeit und Beflissenheit. Wie die buckelten. Das konnte doch nur schlecht ausgehen.

Und wie lieb sie sich alle begrüßten: Die große Dame und ihr lieber alter Freund aus Güllen: Herr Ill. Herr Schmatz spielte Herrn Ill. Er sah hier viel älter, gebeugter aus. Hatte gar nichts von seinem Stolz von neulich. *Ist das wirklich Herr Schmatz?* dachte Max.

Er war es. Aller Augen hingen an ihm. Wie er freundlich war, wie er es mit der Angst kriegte, weil sich alle von ihm abwandten, wie dann alle nach und nach in gelben Schuhen erschienen, zum Zeichen, dass die Stimmung gegen Herrn Ill sich verdickte. Es war ein ganz furchtbares Stück. Und diese Claire erst: Das war doch keine Dame mehr, die trieb es doch immer bunter.

Aber Stemmröder hatte trotzdem recht: sie mussten alle lachen, obwohl es gar nichts zu lachen gab. Wie der Herr Schmatz sich wehrte, wie er immer gut Wetter machen wollte und doch immer mehr Verachtung auf sich zog und wie er allmählich seinem eigenen Untergang entgegentrudelte. So hatte Herr Stemmröder das gar nicht erzählt, so deutlich, so bedrückend.

Die Pause ärgerte sie alle. Warum musste das aufhören? Max fragte Herrn Stimpel, ob das wirklich so ausginge, wie Herr Stemmröder behauptet hatte. Herr Stimpel schmunzelte und sagte nur: »Das werdet ihr dann schon sehen.«

Atemlos verfolgte die Klasse, wie der Herr Ill schließlich in der Gruppe der Männer verschwand, aus der er nicht mehr lebend herauskommen sollte, weil doch die schreckliche Dame eine Milliarde spenden und damit die Stadt Güllen reich machen würde.

Sie waren wirklich entsetzt, als die Dame am Ende den furchtbaren Satz sagte: »Ich werde dich in diesem Sarg nach Capri bringen«, dann wurde sie in ihrer Sänfte davongetragen und der Sarg hinterher. Mit dem Mann darin, den sie früher mal geliebt hatte. *Eine moderne Rachegöttin*, dachte Herr Stimpel. Michaela und Eva waren ganz verwirrt: Solche Frauen gab es? Und solche Männer, die ihre Frauen sitzen ließen, obwohl sie geliebt wurden?

Und dann brach der Beifall los. Die Schauspieler kamen heraus und traten an die Rampe, einmal, zweimal, dreimal, viermal, fünfmal und dann auch noch jeder einzeln.

Paule taten schon die Hände weh: soviel konnte doch kein Mensch klatschen! Die ganze Klasse klatschte trotzdem tapfer weiter und Paule machte sogar den Versuch, ein lautes »Wauo« zu rufen.

Als Eva beim Hinausgehen zu weinen begann, weil sich der Schreck nur so löste, legte Max den Arm um sie und sagte: »Ach Eva, das war doch nur Theater.« Aber Joachim meinte zu Paule: »Ich hab ja ehrlich gesagt mehr gelacht als geweint.« Paule war auch eher auf der Seite der Lacher. Auch er spürte die Groteske in dem Trauerspiel.

Auf der Heimfahrt sprachen alle nur darüber, was sie gesehen hatten. Über Herrn Schmatz und die Schauspielerin, wie hieß sie gleich wieder, Mathilde Freudenwein, die die alte Dame gespielt hatte. Gottlob hatte sie wenigstens, als sie im Beifall an die Rampe kam, gelächelt.

Max musste an den kleinen Ludwig denken, der die alte Dame hatte spielen wollen. Der hätte sich schön vertan. Da hätten alle noch mehr gelacht, und es wäre ein reines Lustspiel geworden. Ein Lustspiel... Er hatte plötzlich einen Einfall.

Das Theaterstück

Herr Stimpel verzichtete am nächsten Morgen auf den Aufsatz zum Theaterbesuch. Er sagte aber: »Jetzt erzählt ihr mal kurz, was ihr gestern im Theater gesehen, empfunden, gedacht habt, wie es euch eben gefallen hat. Alexander, Du fängst an.« Alexander schraubte sich aus seinem Stuhl hoch, druckste und sagte, »Mir hat gefallen....« Dann legte er eine kleine Kunstpause ein, breitete die Arme aus und sagte nur: »Alles.« Auf das Gelächter war er nicht gefasst. Er sah sich um. Warum lachten die alle schon wieder?

Was er nicht ahnte: In jedem dieser Köpfe ging Herrn Stimpels Frage wie eine Drohung um. Sag ja was Gescheites. Und nun sagte ausgerechnet der Primus einfach so: »Alles.« Das hätten sie auch alle sagen können. Herr Stimpel schien aber nicht zufrieden: »Hast du da nicht noch mehr?«

Primus Alexander der Große musste noch mal in sich gehen. Er gönnte sich eine kurze Pause, dann wagte er einen zweiten Anlauf: »Den Herrn Schmatz fand ich gut. Aber es hat mich geärgert, dass alle Männer der Dame so nachgegeben haben.« Michaela sagte in scharfem Tonfall: »Die Güllener Männer sind eben alle Waschlappen.«

Konrad rief: »Hab' Du mal 'ne Milliarde in Aussicht. Mal sehen, was du dann machen würdest.« Kurt rief dazwischen: »Ich hab dauernd überlegt, was ich anstelle des Bürgermeister getan hätte.« – »Na?« – »Ich hätte diesem Weib gesagt: Mach, dass Du wieder nach Amerika kommst!« – »Aber in Güllen war doch so große Not«, entgegnete Herr Stimpel. Kurt beharrte: »Und jetzt haben alle dabei geholfen einen Menschen umzubringen. Ist das besser?« – »Genau«, stimmte Eva zu, »Das darf kein Bürgermeister dulden.«

So waren sie auf einmal wieder mitten in einer heftigen Diskussion und spürten, worin der Abend im Theater sie verwickelt hatte: Sie hatten gelernt, was eine verletzte Liebe ist und was Verrat, wie Rachegelüste entstehen, was sie an Zumutungen und Drohungen bringen, was für Folgen sie haben können. Was man will, was man darf, was ein Leben wert ist. Schließlich brachte Alexander die Rede auf das Geld, das an allem schuld sei.

Doch Kurt widersprach auch ihm: »Das Geld kann einem gar nichts, wenn man sich dagegen wehrt und es nicht annimmt.« Und Herr Stimpel fügte hinzu: »Mitläufer waren die Güllener alle. Das ist eines der Hauptthemen des Dichters Dürrenmatt: Mitläufertum und Mitmachertum. Und das heißt immer: Handeln und Zulassen ohne eigenes Denken. Denn auch, wenn man selbst nichts tut und die schlimmen Taten einfach zulässt, macht man sich mitschuldig.«

Er nannte die Debatte für sich, als er zurück ins Lehrerzimmer ging, eine fruchtbare Stunde. Er war zufrieden mit sich und mit dem Theater. Dass das alles ohne Max' wachsende Leidenschaft für's Theater nicht geschehen wäre, daran dachten weder Herr Stimpel noch Max.

Max dachte seit dem Theaterabend über etwas ganz anderes nach. Sowas wie dieses Stück müsste man selber schreiben und auf die Bühne bringen. Das wäre doch was. Er spürte, wie der Wunsch in ihm wuchs. Der Wunsch, selbst etwas Bedeutendes zu schaffen. Der Wunsch reckte und streckte sich. Max war in letzter Zeit gewachsen und er fühlte neuerdings einen feinen Flaum auf der Oberlippe. Er dachte an Lilli: »Du wirst ja ein richtiger Mann«, hatte sie gesagt. Den Grießbrei, über den Lilli sich so lustig gemacht hatte, aß er neuerdings auch nicht mehr so gerne. »Nicht schon wieder diesen Kinderkram«, hatte er zur Mutter, gesagt, als sie vorgeschlagen hatte, ihm mal wieder welchen zu kochen. Sie hatte nur gelächelt und mit den Schultern gezuckt.

Ob er mal Michaela zum Eisessen ausführen sollte? Wie sollte er fragen? Wie machte man das? Michaela mit den grünen Augen und den genau vierzehn Sommersprossen auf der Stupsnase. Max hatte dreimal nachzählen müssen. Genau vierzehn. Michaela war lustig, klopfte aber manchmal echt derbe Sprüche und hing immer mit den andern Mädchen zusammen. In Mathe hatte sie Probleme. Da hatten sie schon mal was gemeinsam. Und im Theater war sie voll mitgegangen. Max hatte genau beobachtet, wie ausdauernd sie nach der Vorstellung geklatscht hatte.

Aber ihr Zwischenruf, dass die Güllener Männer alle Waschlappen seien, ärgerte ihn. Er vermutete, dass sie nicht alle Männer gemeint haben konnte. Oder zumindest nicht ihn. Vielleicht wollte sie ja auch Schauspielerin werden, dann hätten sie immerhin mehr gemeinsam als nur die Mathe-Probleme.

Seit dem Gespräch mit Herrn Schmatz, dem »Caligula« und der Aufführung war Max wild entschlossen, Schauspieler zu werden. Er wusste zwar noch nicht, wie man das wird und wie man so viele andere Menschen spielen kann, aber das wusste der Schmatz mit dreizehn vielleicht auch noch nicht. Irgendwann würde er Herrn Schmatz das alles fragen können. Aber jetzt war erst mal Michaela dran, aber zuvor wollte er noch Paule und Kurt fragen.

Am Montag in der großen Pause war es soweit: »Hey Kurt, magst du mit mir zusammen ein Theaterstück schreiben?« – »Ein Stück, weißt du denn, wie das geht?« – »Ich möcht gern herausfinden, ob wir sowas zusammenkriegen. Vielleicht kriegen wir noch Paule und Michaela mit ins Boot?« Kurt war mit beiden einverstanden. Mit Paule sowieso. Ein Stück war ohne den witzigen Kerl vermutlich gar nicht zu schaffen. Also gut. Als Max noch meinte, »Aber wer fragt Michaela, ohne dass sie es in den falschen Hals kriegt?«, sagte Kurt, »Ach, das wird schon. Ich frag sie.«

»Au ja«, sagte Max. Ihm war zwar nicht ganz wohl, dass Kurt sie fragte, aber im Zweifelsfall kassierte er dann auch einen von Michaelas gefürchteten Sprüchen. Doch als er Michaela kurz vor Pausenende auf der Treppe traf, kam es ganz anders: »Ich hab da mal ne Frage an dich«, sagte Max. Michaela guckte ihn etwas misstrauisch an: »Jaaa...?«

»Ja, also, wir wollen...«, sagte Max, da schlug ihm Paule von hinten auf die Schulter und sagte: »Kommste nach der Schule mit auf'n Eis?« – »Ja, gerne. Michaela, kommste mit?« Sie nickte und dieses Eis war durch ein anderes gebrochen. Kurt kam im Café dazu: »Hier!«, rief Max und zeigte auf den leeren Stuhl neben sich, »Wir können die Sache gleich besprechen.« *Die Sache*, sagte er, obwohl es noch gar keine war.

Sie bestellten: Kurt wollte ein Rum-Eis, Michaela: Zitrone, Max orderte Vanille und Paule, der ohnehin zur Theke geschickt wurde, um das Eis zu holen, hatte sich noch gar nicht entschieden. Als Paule dann in seinem Erdbeereis stocherte und »Was ist jetzt mit der Sache?« fragte, rückte Max endlich mit seiner Idee raus: »Könnten wir nicht gemeinsam ein Theaterstück schreiben?«

Paule war so überrascht, dass er glatt vergaß, sein Eis runterzuschlucken. Michaela steckte den Löffel in ihr Zitroneneis und lehnte sich in ihrem Sitz zurück: »Worüber denn?« Das war wirklich die Frage. Worüber. »Dazu sitzen wir ja hier«, sagte Max, »Vielleicht fällt euch ja was ein.«

Paule schlug vor: »Wir könnten was machen über die Kakteen-Schlösser und den Rechenschieber Kurzmüller. Herr Kurzmüller muss ausrechnen, wieviel Stacheln eine

122

Mammillaria hat, die zwanzig Zentimeter hoch und acht Zentimeter dick ist und wieviel Stacheln sie in einem Jahr und in vier Jahren hat, wenn sie jährlich einen halben Zentimeter wächst. Der Grund für die ganze Rechnerei ist, dass Frau Dr. Schlösser noch immer an ihrer Doktorarbeit über *Das stachlige System afrikanischer Kakteen* sitzt. Und da könnten wir einen ganzen Expertenrat zusammentrommeln, unter Leitung von Herrn Stimpel.«

Alle staunten. Das war ja allerhand. War das eben mal so in Paules Hirn gewachsen? Aber Kurt passte das Schulthema nicht: »Nix über unsere Lehrer. Die habens schon schwer genug mit uns.« Was war denn auf einmal mit Kurt los? War das schon der Vorgeschmack auf den Primus, der er noch werden wollte?

Michaela grinste. Sie fand Paules Idee zwar nicht schlecht, aber auch nicht super. Sie aß den letzten Rest Zitroneneis, wippte mit dem leeren Löffel und sagte: »Wir könnten ja vielleicht ein Stück aus dem Supermarkt machen. Da geht eine Frau mit ihren zwei kleinen Kindern einkaufen, fängt an mit Haferflocken, Butter, Milch, Heringskonserven, Gurken, Staubzucker, Salz, Spülmittel, WC-Reiniger und lädt immer mehr in den Wagen. Der ältere der Jungs läuft rum und schiebt Schokolade unter, die Mutter kauft für die ganze Woche Salat obendrauf und Gurken, der Wagen ist übervoll. Kommt an die Kasse. Hat kein Geld dabei. Sucht ihr Geld. Die andern hinter ihr schimpfen. Was tun? Alles zurückstellen! Kredit gibts da nicht. Beim Zurückstellen wirds chaotisch. Wo gehört was hin? Das stand doch da, nein, aber im nächsten Gang, auch nicht. Das kann komisch werden.«

»Wird aber nicht gehen. So viel Einkaufszeug kriegen wir ja gar nicht zusammen auf die Bühne. Der Wagen muss ja übervoll sein«, meinte Kurt. Max runzelte die Stirn: zwischen den beiden gab es ja jetzt schon Reibereien. Paule hatte die zündende Idee: »Man müsste das ganze in einem Supermarkt spielen.« Max zuckte mit den Schultern und sagte: »Da lassen die uns doch nie rein.« Schon zog Michaela die Mundwinkel nach unten: »Habt ihr was Besseres?« Kurt lachte: »So schnell geht das bei mir nicht.«

Max hatte die andern erst mal reden lassen und sah seine große Stunde nahen. »Ich hätte da was einfacheres«, sagte er, »wir könnten den *Besuch der Alten Dame* mal anders rum spielen.

Die Olle kommt und verlangt, was wir gesehen haben, aber die Männer steigen nicht darauf ein. Und der Herr Ill ist bei uns kein kranker Mann, sondern heißt Herr Stark, und droht, sie wegen Erpressung und Anstiftung zum Mord anzuzeigen.

Da macht sie einen großen Tanz, haut aber am Schluss ab und läßt ihr Geld da aus Versehen.«

»Hmhmm«, machte Kurt, »dafür willst du einen Text machen? Wer soll denn die Olle spielen?« Max schlug natürlich nicht den kleinen Fritz vor, sondern Michaela: »Wir donnern dich so richtig auf. So schön warst Du noch nie.« Michaela stellte sich das vor und dachte: *Naja, ich werds denen schon zeigen.*

Sie redeten noch eine ganze Weile. Das Stück schwoll an, es war reines Gedankentheater, was sie da fabrizierten. Heiser und erschöpft ging sie auseinander. Dramatiker von morgen, übermorgen – oder überhaupt nicht?

Nur Michaela war stolz, dass sie eine alte Dame spielen sollte. Im Fundus hatten sie bestimmt ein tolles Kostüm und einen Hut, und toll geschminkt würde sie auch, und mit dem Geld würde sie nur so wedeln.

Max plagte sich in den nächsten Tagen mit seinem eigenen
Vorschlag ab. Ihm kamen nur Verse in den Kopf. Auf dem
ersten Blatt stand in schönster Schrift:

Der Damenbesuch.

Auf dem zweiten: *Erster Aufzug. Ein alter Bahnhof, ge-
schmückt. Ein Schild: Müllen. Am Platz: der Bürgermeister, der Pfarrer, der Lehrer. Später kommt Stark.*

Der Bürgermeister *im Frack:*
Heut ist ein großer Tag für unsere Stadt
Den sie auch bitter nötig hat.

Der Pfarrer: Wir begannen mit Entzücken
Uns're Kirche schön zu schmücken.

Der Lehrer: Und wir werden unser Müllen
Mit dem Geist des Wohlstands füllen.

Bürgermeister: Traulich sind wir hier vereint,
Weil in uns die Hoffnung keimt.

Man hört einen Zug vorbeirasen.

Bürgermeister *(dem Zug nachdrohend):*
Kein Zug rast künftig hier vorbei.
Er stoppt bei uns auf Bahnsteig zwei.

Der Bahnbeamte: Das wäre dringend uns zu wünschen.
Wir würden dann ein zweites München.

Bürgermeister: Der große Tag bricht heute an.
Mit Claire Zanach Hassian
Sie steckt, wies scheint, noch voller Triebe,
Denn sie sucht ihre alte Liebe.

Herr Stark *(kommt angelaufen):*
Ich hab gedacht, ich komm zu spät,
Weils einem ja zu Herzen geht,
Dass sie mich noch mal sehen mag,
Mich, den einst stolzen Toni Stark.

Er hält einen Rosenstrauß in Händen.

Lehrer: Auch Rosen hast du mitgebracht.
Womit du einst ihr Herz entfacht.

Ein Zug kommt angesaust. Hält quietschend.

Pfarrer: Das wird die reiche Claire sein.
Stimmt nun ins Lied der Freude ein.

*Er gibt dem Kinderchor ein Zeichen. Sie singen: Hoch soll
sie leben. Claire steigt aus. Großer Hut, langes wallendes
Kleid.*

Claire: Da bin ich nach so langer Zeit,
Freut euch, damit es mich nicht reut,
Dass ich mit dieser schweren Reise
Euch eine große Gunst erweise.

Bürgermeister: So hoch, wie man nur immer kann,
Lebe Clair Zanach Hassian!

Herr Stark *(läuft auf sie zu):*
Es tut mir, einstmals sehr Geliebte,
Leid, dass ich dich einst betrübte.
Mir fiel das Herz längst in die Hosen
Drum bring ich dir hier meine Rosen, ...

Weiter kam Max nicht. Er hatte für die Verse schon einen
Bleistift zerkaut, elf Seiten zerknüllt, in den Papierkorb

geworfen, wieder glatt gestrichen, neu beschrieben, durchgestrichen und am Ende in ganz kleine Fetzen gerissen. Jetzt hoffte er auf die Hilfe von Paule oder Michaela. Von Kurt erwartete er sich nichts mehr. Als er ihm die Verse zeigte, pfiff Kurt nur durch die Zähne: »Mönsch, kannst du gut dichten. Wie gehts weiter?«

Das wusste Max aber selber nicht, Paule wusste es auch nicht und Michaela getrauten sie sich nicht zu fragen, weil die immer total fuchtig wurde, wenn sie bemerkte, dass ihre Sprechrolle immer noch nicht größer geworden war. Neulich hatte Paule kurz vor dem Zubettgehen in alter Opernsänger-Manier noch einen frischen Vers von Balkon zu Balkon geschmettert:

Als treu'ster Mann in unserm Müllen
Lebt Anton Stark nach unserm Willen.

Das war nicht gerade, was Max brauchte – und erst recht nicht die recht harschen Spontankritiken der halben Nachbarschaft und ihrer Eltern. Max merkte, wie schwierig es war, eine Szene aufzubauen. Reimen genügte nicht, auch wenn er Spaß dabei hatte. Er musste sich eingestehen, dass er immer noch am lautesten über seine eigenen Verse gelacht hatte, und das konnte es ja wohl auch nicht sein.

Anfangs hatten sie sich noch regelmäßig in der Eisdiele getroffen, doch über die Weihnachtsferien versandete das Projekt. Kurt war mit seinen Eltern beim Skifahren. Paule und Michaela trafen sich einige Male bei Paule zuhause, um dessen neuen Plattenspieler zu testen.

Max war anfangs noch dabei, aber es war ihm bald auf die Nerven gefallen, wie sie sich zofften, ob nun *ABBA* oder *Deep Purple* aufgelegt werden sollte. Und er hatte allmählich das Gefühl, sie machten das auch nur, um ihn loszuwerden.

Als Max zwischen den Jahren über den Stadtplatz schlenderte, fühlte er sich nicht besonders. Er hoffte immer noch auf den großen Einfall, auf neuen Schwung, der ihm die tollsten Verse verschaffen und die anderen wieder mit an den Tisch bringen sollte. Die bereits geschriebenen Sachen schleppte er immer in seiner Tasche mit herum. Er war noch lange nicht so weit, aufzugeben, hatte sogar schon Eintrittskarten entworfen, weil er dachte, das würde die anderen motivieren, wieder mehr mit anzupacken.

Da hörte er eine Stimme, die ihm undeutlich bekannt vorkam: »Max! Das ist ja ein netter Zufall! Wie gehts dir, was macht die Kunst?« Da guckte Max erst so richtig hin und erkannte Herrn Schmatz, der heute wohl mal einen wirklich freien Tag hatte. Als Herr Schmatz sagte: »Ich wollte eben einen Kaffee trinken gehen, kommst du mit auf einen Tee oder eine heiße Schokolade?«, zögerte Max erst, sagte dann aber innerlich jubelnd: »Ja, gerne!«

Also gingen sie ins »Café Munter«, und Max erzählte, wie sie erst neulich noch *Der Besuch der alten Dame* mit der Klasse angesehen hatten. »Ach, nein? Ihr wart auch da?«, rief Herr Schmatz erfreut, »Wie hat euch mein Ill gefallen?«

»Sie waren einfach klasse, Herr Schmatz. Ich hab mich aber sehr darüber geärgert, was die alte Dame alles mit ihnen angestellt hat.«

Herr Schmatz fragte: »War ich so stark, obwohl ich schwach sein musste? Genau diese Wirkung wollte ich, genau das sollten die Leute auch spüren.« Es freute ihn, wenn sogar ein ganz junger Mensch wie Max verstand, was er mit seinem Spiel bewirken wollte.

Schließlich erzählte Max von seinem Versuch mit dem parodistischen Drama *Damenbesuch.* Umständlich zog er die drei Blätter mit den Versen aus seiner Tasche, faltete sie auseinander, strich sie glatt und legte sie mit klopfendem Herzen vor Herrn Schmatz auf den Tisch.

Herr Schmatz las sich alles ganz gründlich durch und sah Max ganz erstaunt an, »Wo hast du denn so zu Reimen gelernt?« fragte er. »Ach«, sagte Max, »meine Mutter hat mir ganz oft gereimte Geschichten vorgelesen, zum Beispiel *Ich möchte einmal König sein* von James Krüss, für mich ist das der beste Dichter.«

Er schloss kurz die Augen, ratterte die ersten paar Zeilen des Gedichts einmal laut herunter, zuckte mit den Schultern und grinste verlegen: »Ich hab das einfach im Kopf. Und das Dichten geht auch fast von ganz alleine. So: Uns'res Theaters größter Schatz, ist und bleibt Herr Friedrich Schmatz!« Da lachte Herr Schmatz und rief: »Du bist ja ein richtiger Stegreifkünstler!«

»Was ist das, ein Stegreifkünstler?«, fragte Max. Mit dieser Frage begann ein langes Gespräch. Max merkte, wie sehr Herr Schmatz es genoss, ein Publikum zu haben: »Heutzutage geben die Stückeschreiber und Regisseure bis ins Detail vor, was wir auf der Bühne zu sagen und wie wir uns zu bewegen haben. Wir versuchen dann, diese Vorstellungen umzusetzen.

Aber früher, als wir noch als fahrendes Volk auf Jahrmärkten spielten, mussten wir viel mehr aus dem Augenblick heraus erfinden. Weil es damals noch keine festen Texte gab, haben Schauspielerinnen und Schauspieler ihre Rollen mit einigen fixen Eigenschaften, aber im großen und ganzen auf Zuruf gespielt.

Wer das damals konnte, im Augenblick spielen, und die tollsten Einfälle hatte, kriegte den meisten Beifall. Heutzutage stirbt das Stegreifen – man nennt es auch Improvisieren oder ex-tempore-Spielen – leider Gottes immer mehr aus. Ich habe noch Kollegen gekannt, die – je nach Publikum – einen Einfall nach dem andern hatten und die Mitspieler auf der Bühne durcheinanderbrachten.

Wenn ich mit so einer oder so einem auf der Bühne stehe, muss ich höllisch aufpassen, schlagfertig sein.«

»Ist ihnen das denn mal passiert?«, fragte Max.

Herr Schmatz verzog bei der Erinnerung das Gesicht, als ob er Zahnweh hätte, lächelte dann aber: »Ja, einmal. Der Kerl hat mich total aus dem Konzept gebracht. Ich weiß das Stück schon gar nicht mehr, nur, dass er mich eigentlich nur ganz einfach fragen sollte, wie es meinem Vater gehe. Wir hatten das natürlich sehr oft geprobt, weißt du.

Ich musste sagen: ›Danke, ganz wohl, mein Herr‹, und da fing der Kerl auf einmal an: ›Und wie geht es ihrem Onkel?‹ und als ich darauf einging mit einer Antwort, ›Auch ihm geht es gut‹, fragte er weiter. ›Und wie geht es ihrer Tante Anna? Und wie geht es der Tante Frieda? Und wie geht es Onkel Wilhelm? Und ihrer Nicht Cordula? Und ihrer Cousine Claudia?‹

Ich kam furchtbar ins Schwitzen, das Publikum brüllte vor Lachen, der Kerl rückte mir immer näher auf die Pelle. Aber weil ich mich nicht aus dem Konzept bringen lassen und keine schlechte Figur machen wollte, musste ich immer neue Antworten finden, bis dieser Mensch dann sagte: ›Na, dann bin ich ja zufrieden, wenn es allen gut geht. Da haben sie ja eine glückliche Familie und sind sehr zu beneiden.‹

Ich bin bald geplatzt. Ich hab gedacht, sobald das Stück zu Ende ist, bringe ich diesen Kerl um! Ich musste mich sehr zurückhalten, um nicht auf offener Bühne zu sagen: ›Noch eine Frage und Sie sind ein toter Mann.‹ Dann wärs wahrscheinlich erst richtig losgegangen. Danach konnten wir weiterspielen, ganz normal. Aber das Publikum lachte und lachte, weil es einen Riesenspaß daran hatte, wie er mich da vor sich hertrieb und ich ins Schwitzen geriet.«

Auch Max musste lachen. Er dachte gleich wieder an Lillis Erzählung vom Theater, wie ein solcher Schauspieler sie und durch sie das ganze Theater zum Lachen gebracht hatte.

Kurz blitzte in seinem Kopf der Gedanke auf, das könnte man ja im Drama *Der Damenbesuch* verwerten. Da müsste der Herr Bürgermeister dann die Zanachhasian oder Hasizahnian, oder wie die hieß, fragen: »Sie wollen den Herrn Stark? Wollen Sie auch unseren Bäcker? Unseren Metzger? Unseren Schuster? Unseren Pfarrer? Unseren Friedhofsgärtner, unseren Garagenverwalter? Oder den Direktor der Stadtreinigung?« Aber das war nur so ein Gedankenblitz.

Max verzog den Mund, weil ihm gleich der nächste Blitz in den Kopf fuhr. Wenn dann die Zahanasian sagte: »Ich will Sie, Herr Bürgermeister«, was hätte der Bürgermeister da wohl gesagt? Das Drama nahm in seinem Kopf ganz ungeahnte Formen an. Verblüffung, Angst im Bürgermeister, die Folgen in seiner Familie, ein Aufstand in der Stadt ... alles war möglich. Doch daraus ein Stück zu machen, das ging über seine Kraft.

Herr Schmatz kam denn auch, ohne zu ahnen, wie wild es in Max' Kopf gerade blitzte, auf die Verse des Bürgermeisters zurück, die er von Max' Blatt las: »Würde ich in deinem Stück den Bürgermeister spielen, müsste ich natürlich mehr von ihm wissen, als in den ersten Versen zu erkennen ist.

So baut man eine Figur für die Bühne auf: Man liest, was sie sagt und die Anweisungen im Stück. Man liest es einmal, zweimal, fünfzig Mal. Man nimmt die Worte in sich auf, versucht zu ergründen, wie die Figur sich so und so verhalten könnte, bekommt ein Gefühl für das, was sie tun und lassen würde.

Man kriecht in die Figur hinein und lässt sie dann wieder aus sich heraus.«

Max verstand die Formulierung nicht ganz, doch er ahnte, dass Herr Schmatz trotz aller Äußerlichkeiten ein sehr innerlicher Schauspieler war. Und er spürte, dass dies schon ein Teil der Antwort auf die Frage war, die er Herrn

Schmatz ohnehin hatte stellen wollen: Wie man andere Menschen darstellt. Wie man das anfängt.

Max fragte also, »Ist Schauspieler ein schwerer Beruf?«, und Herr Schmatz nickte begeistert: »Schwer, gefährlich und wunderbar, aber ich möchte nichts anderes sein.«

»Wieso schwer?«, fragte Max.

Herr Schmatz holte zur Erklärung nochmal richtig aus: »Na, stell dir vor, du bist in einem Theater. Da musst du die Rollen spielen, die vom Intendanten verordnet werden. Du musst das Stück lesen, deine Rolle lernen, dir ein Bild von dem Menschen machen, dessen Worte du auswendig lernen musst.

Bald darauf beginnen die Proben. Morgens um zehn geht es los, nachmittags um zwei bist du aber noch lange nicht fertig, denn abends musst du in der laufenden Vorstellung spielen.

Wenn abends mal spielfrei ist, gibt es noch Abendproben bis um zehn oder elf. Zwischendurch musst du zu Kostümproben, manchmal auch zu Beleuchtungsproben. Und auf den Proben übst du heute das und morgen wird wieder alles umgeworfen, anders gemacht und du fängst wieder ganz von vorne an.

Dann hast du womöglich einen Regisseur, der ganz anderer Meinung ist als du. Mit dem zankst du dich, er droht, dich rauszuwerfen. Vor allem, wenn du meinst, deine Auffassung von der Rolle durchsetzen zu müssen. Da geht es oft hart auf hart.

Und an eins musst du dabei immer denken: wenn ich in dem neuen Stück nicht gut bin, verlängern die vielleicht meinen Vertrag nicht. Dann muss ich ein neues Theater suchen, mit der Familie wieder umziehen. Das heißt, wenn ich überhaupt ein Theater finde, das mit mir was anfangen kann und will.

Bist du nicht sehr gut, hängst du dein ganzes Leben an mittleren und kleinen Theatern herum, bist ein Kleinstadtkönig oder an einem Ort wie Güllen, hast aber die große Sehnsucht in dir, mal in München oder in Berlin zu spielen und möchtest – wie hast du vorhin gesagt – *einmal König sein.* Also, eine tolle Rolle und einen tollen Erfolg haben.

Aber dazu muss man Glück haben, zum richtigen Zeitpunkt am richtigen Ort die richtige Rolle bekommen und dann noch so gut sein, dass alle nur dich sehen wollen. Das ist alles nicht so einfach.«

Max hörte sich das alles mit sehr ernstem Gesicht an. »Trotzdem«, sagte er, als Herr Schmatz zwischendrin mal einen Schluck Kaffee trank, »trotz alledem will ich gern Schauspieler werden.«

Herr Schmatz lächelte breit: »Na, so ein Wille ist schon mal viel wert. Wenn bei dir dann noch eine große Lust am Spielen und vor allem eine, andere Menschen zu spielen, obendrauf kommen, könnte glatt was werden aus dir.« Er bezahlte seinen Kaffee und die heiße Schokolade für Max.

Sie hatten sich schon verabschiedet und wollten gerade ihrer Wege gehen, da drehte sich Herr Schmatz nochmal zu ihm um: »Wart mal eben... Für das nächste Stück suchen wir noch den Jungen, dem der Apfel vom Kopf geschossen wird!«

Max dachte, er hörte nicht richtig. Sein Opa war mal mit ihm auf dem Oktoberfest gewesen, in so einer Bude, wo sowas gezeigt wurde. Angst und bange war ihm geworden, erst recht bei dem Messerwerfer, wo sich eine Frau vor ein Brett gestellt hatte und ein Mann hatte ein Messer nach dem anderen dicht neben ihren Körper ins Brett gejagt.

Einen Apfel vom Kopf schießen? Das war ja der reinste Horror. Wenn da was daneben ginge! *Aber es geht immerhin auf einer Theaterbühne daneben,* sagte sich Max, als er Herrn Schmatz seine Telefonnummer aufschrieb.

Alles nur Theater

Beim Abendessen erzählte er vom Treffen mit Herrn Schmatz und dem Angebot, sich auf der Bühne einen Apfel vom Kopf schießen zu lassen. Max fragte mit großen Augen, was da schiefgehen könne. Mutter fand, er wirkte ein wenig blass um die Nase. »Ach was, Max, ist doch alles nur Theater«, lachte sie und schoss einen warnenden Blick zum Vater hinüber: *Pass bloß auf, was du jetzt sagst, Freundchen.*

Der Vater zwinkerte Max zu: »Wer weiß, vielleicht schießt ja ein Scharfschütze aus der Kulisse auf dich und nicht der Schauspieler.« Mutter verpasste Vater unter dem Tisch einen gezielten Tritt und legte Max noch ein Stück Apfelkuchen auf den Teller: »Da hab ich ja wohl genau das Passende gebacken. Noch bisschen Schlagsahne? Wie heißt das Stück überhaupt?« Max hatte vor lauter Aufregung vergessen, Herrn Schmatz danach zu fragen.

Als er später im Bett lag, grübelte er nochmal über diese ganze Apfelgeschichte nach. Da fielen ihm seine Freunde ein, die schließlich auch nicht tot umfielen, wenn sie auf der Straße oder auf dem Pausenhof miteinander *Bonanza* spielten und mit den Fingern rumschossen wie die Wilden. *Das ist ein Spiel und damit wohl auch so eine Art Theater*, dachte Max nun schon ein wenig beruhigter und schlief bald darauf ein.

Drei Tage später klingelte das Telefon. Ein Herr war am Apparat und sagte: »Sie sind Frau Gerner? Wir bräuchten mal Ihren Jungen.« Mutter hatte das Gespräch beim Abendbrottisch schon beinahe wieder vergessen, ärgerte sich aber über den gönnerhaften Tonfall des Anrufers und sagte nur: »Das ist aber meiner, den geb ich nicht her.«

»Herr Schmatz hat gemeint, Ihr Max sei der perfekte Sohn für Wilhelm Tell und wir wollten nur mal ...«

Mutter unterbrach ihn: »Wilhelm wie? Teller? Wer soll das nun wieder sein?«

»Unser neues Stück«, sagte die Stimme am Telefon gepresst. »Welches neue Stück?«, sagte Mutter.

»Einen Augenblick, bitte«, sagte die Stimme und Mutter hörte, wie der Hörer entrissen wurde: »Hier Stemmröder.« Den Namen hatte sie schon gehört, Max hatte doch mal irgendwas von einem Stemmröder erzählt. »Jaaaa?«, sagte Mutter.

»Sie sind doch die Mutter vom Max? Ich durfte ihn vor ein paar Monaten mal kennenlernen. Kluges Kerlchen. Kompliment. Muss an an der klugen Mutter liegen. Jetzt hören Sie mal zu: Wir suchen für eine Inszenierung des *Wilhelm Tell* von Friedrich Schiller einen Jungen für den Sohn unseres Hauptdarstellers.«

Mutter ging plötzlich ein Licht auf, aber sie beschloss, den Herrn noch ein bisschen ins Schwitzen zu bringen: »Und was will der mit meinem Max? Ich kenne weder ihren Hauptdarsteller noch seinen Sohn.«

Herr Stemmröder war fassungslos. Hatte er sich so schlecht ausgedrückt oder wusste diese Frau über gar nichts Bescheid? Er fing einfach nochmal von vorne an: »Nein. Wir spielen ein Drama. Das Stück heißt Wilhelm Tell. Da kommt ein Mann drin vor, der einen Sohn hat. Und für diesen Sohn suchen wir einen Jungen.«

Er hörte die Frau am anderen Ende atmen: »Hören Sie! Das Drama heißt, wie ich schon sagte, *Wilhelm Tell*. Von Friedrich Schiller. Es ist sehr berühmt. Es handelt vom Freiheitskampf der Schweizer.«

Mutter meinte trocken: »An einen Freiheitskampf könnt' ich mich aber erinnern. Als wir letzten Sommer durch die Schweiz gefahren sind, war alles ruhig, sauber und friedlich und *so* nette Leute. Wir haben pfundweise Schokolade gekauft.«

Herr Stemmröder wirkte gereizt: »Das könnte vielleicht daran liegen, dass der Freiheitskampf fast 670 Jahre her ist. Was solls ... In diesem Drama heißt der Held Wilhelm Tell. Er hat einen Sohn. Diesem Sohn wird in dem Drama ein Apfel vom Kopf geschossen.«

»Neiin!«, rief Frau Gerner in gespielter Aufregung.

»Doch«, schrie Herr Stemmröder.

»Oh!«, machte Mutter, »Sie sind das?!«

»Ich?«, fragte Herr Stemmröder.

»Sie schießen?«

»Der Darsteller des Wilhelm Tell schießt!«

»Kann der das denn?«

»Im Stück, ja!«

»Ich mein, da auf der Bühne, im Theater, wo auch immer... Wie geht denn das genau?«, fragte Mutter grinsend.

»Wir haben da so unsere Tricks. Streng geheim. Aber wir hätten gern mal mit Ihrem Jungen gesprochen, ob er das spielen will. Und wir benötigen unbedingt die Zustimmung der Eltern, deshalb bin ich heilfroh, dass ich Sie am Apparat habe.«

Stemmröder musste sich wirklich zusammenreißen, um nicht aufzulegen, doch die Aussicht auf Max in der Rolle des Walter Tell war es ihm wert: Er war die ideale Besetzung. Ein frischer Junge, theaterlustig, gescheit, sympathisch, bestimmt auch textsicher, wenn er etwas auswendig lernte, kurz: eine gute Erscheinung.

Er konnte sich Max so gut vorstellen, weißes Hemd und Lederhosen und sogar dann noch fröhlich, wenn er zu sagen hatte: *»Ich will still halten wie ein Lamm und auch nicht atmen... Denkt Ihr, ich fürchte den Pfeil von Vaters Hand... – Frisch, Vater, zeigs, dass du ein Schütze bist«*, und dann: *»Vater, schiess zu, ich fürcht mich nicht.«*

Dafür konnte man keinen lahmen Kerl gebrauchen. Abenteuerlust musste in ihm stecken und ein großes Vertrauen zu sich selbst. Der Dramaturg hörte, wie diese unmögliche Frau am andern Ende der Leitung lachte, und dann sagte sie auf einmal: »Da bin ich ja gleich viel beruhigter. Jetzt hören Sie mal zu: Wir reden heute gleich beim Abendessen nochmal darüber. Mein Junge war neulich nach diesem Treffen aufgekratzt und ein bisschen unsicher, ob er das wirklich machen soll, aber jetzt haben wir ja alles geklärt.«

Herr Stemmröder atmete wieder: »Der Walter Tell ist wirklich keine schwere Rolle, Frau, ähm, Gerner. Ihr Max schafft schafft die sicher mit links.«

»Na, dann ist ja gut«, sagte Mutter und legte auf.

Elfi schrie: »Toll, toll, super, super!!!«, als die Mutter abends von dem Anruf aus dem Theater erzählte. Sie war glatt dreimal so begeistert wie Max, der auf seinem Stuhl saß und große Augen machte.

Er hatte zwar insgeheim gehofft, dass Herr Schmatz Wort hielt, hatte aber nicht damit gerechnet, dass es so schnell gehen würde. Max wusste nicht so recht, ob er sich freuen sollte. Was kam da auf ihn zu? Wie würde das gehen, was musste er da machen? Würde er auf der Bühne nicht auf einmal alles vergessen haben? »Mach nicht so'n Lärm«, sagte er zu Elfi, »ist doch noch gar nichts entschieden.«

Elfi bestürmte ihre Mutter, als wollte sie die Sache für ihn entscheiden: »Mutter, sag ihm, er solls machen. Dann können wir ins Theater und sehen uns den Max an!« Sie war da nicht ganz uneigennützig. Sie stellte sich das so toll vor: Max würde auftreten, und alle würden auf ihren Bruder schauen, und sie würde Lilli anstoßen, die bestimmt auch mit dabei wäre, und würde sagen, »Guck mal, unser Max!« Und Lilli würde sagen: »Klasse!«

Endlich kam der Vater nach Hause, ließ sich auf seinen Stuhl fallen und schimpfte erst mal ausführlich über einen Herrn Dobbing, der ihn im Büro geärgert hatte. Da platzte Elfi heraus mit der Neuigkeit und die Mutter musste nochmal in allen Details von dem Telefongespräch mit den zwei Herren vom Theater erzählen. Der Vater lachte lauthals: »Ach, Ella, du hast auch so deine Tricks, hm?«

Und zu Max sagte er: »Wenn Du das wirklich willst, mach es. Wir müssen aber noch bereden, wie das abläuft und wie das mit der Schule zusammen geht. Vielleicht wird es ja sogar bezahlt.«

Elfi horchte auf: »Wie, Geld gibts da auch?« Jetzt war sie fast schon eifersüchtig. Sie war absolut scharf auf diese neue Jeans mit den Streifen, doch die Mutter mauerte. »Wenn Max demnächst Großverdiener wird, kann *er* mir ja die neue Jeans kaufen«, frotzelte Elfi.

Max war mit seinen Gedanken inzwischen ganz woanders. Wenn er die Rolle am Theater wirklich kriegte und zugleich noch zur Schule gehen und lernen sollte, was sollte dann aus ihrem Stück werden? Dafür würde die Zeit vermutlich nicht auch noch reichen, das ahnte er schon. Er seufzte schwer, aber dann ging er auf sein Zimmer und warf er die eigens gezeichneten und kopierten Eintrittskarten für *Damenbesuch* in den Papierkorb. »Es ist Schluss,« sagte zu er zu Paule, als der am selben Abend noch einen neuen Vers anschleppte:

Stark: Ich geh gern gut und tüchtig essen
Doch bin mit Geld nicht zu erpressen.

Die waren auch nicht viel besser als das, was sie bisher zustande gebracht hatten. Max legte sie in den Kasten, in dem er all die Entwürfe zu *Damenbesuch* aufbewahrte. Der Kasten wurde zum Dichtergrab.

Herr Schmatz hatte es unerwartet leicht, als er auf Bitten von Stemmröder, der kein weiteres Telefonat von dieser Sorte riskieren wollte, am nächsten Vormittag anrief. Die Mutter war wieder am Telefon: »Ach, Herr Schmatz, es ist ja so lieb von Ihnen, dass Sie anrufen. Meine Männer sind beide nicht da, Max ist in der Schule und mein Mann ist im Büro. Wir haben aber gestern abend über alles gesprochen, und mein Mann hat gesagt: Soll er doch, wenn er will. Wir sind hier alle so stolz auf den Max.«

Das freute Herrn Schmatz: »Dann soll der Max mal so bald wie möglich ins Theater kommen, mit dem Regisseur sprechen und mit Herrn Stemmröder, dem Dramaturgen von *Wilhelm Tell.*«

Nachdem ihm Frau Gerner noch »Ganz herzliche Grüße an den netten Herrn Stemmröder« ausgerichtet hatte, drehte sich Schmatz zu Stemmröder um, der ihn während des gesamten Gesprächs belauert hatte: »So. Was war *daran* jetzt so schwer?« Er zuckte mit den Schultern und kehrte zurück in den Probenraum.

Gleich am Nachmittag rief Max im Büro des Dramaturgen an. Der klang sehr erfreut: »Sag mal an, wann du Zeit hast.« Max sagte: »Immer nach der Schule.« – »Passt dir der kommende Dienstag, 15 Uhr?« – »Geht klar«, sagte Max. Jetzt war er wirklich aufgeregt. Die Sache kam ins Rollen.

Noch am selben Nachmittag fuhr Max in die Stadt, um sich in der Buchhandlung den Text von *Wilhelm Tell* zu besorgen. In der Bahn schlug er das gelbe Heft mit dem Text auf und begann zu lesen: *»Es lächelt der See, er ladet zum Bade...«* Das hatte er doch schon mal gelesen? Die Zeile hing ihm noch im Gedächtnis, sie war ihm wie ein Rätsel vorgekommen, das hatte er doch auch in seinem Aufsatz zum Theater erwähnt?

Jetzt fiel ihm wieder ein, dass er unter Vaters alten Schulbüchern ein zerlesenes Heft gefunden und probiert hatte, ob er ein Drama lesen könnte, und das war ihm so schwer gefallen. Und jetzt sollte er ausgerechnet in diesem Stück eine Rolle spielen!

Zuhause warf er sich auf's Bett und las sich das ganze Stück in einem Rutsch durch. Naja, zumindest wollte er das. In Wirklichkeit wurden ihm nach drei Seiten die Augen schwer, und nach fünf Minuten war er eingeschlafen.

Max macht jetzt wirklich Theater

Am Dienstag fuhr er gleich nach der Schule in die Stadt. Mutter war dabei. Angeblich musste sie dringend was besorgen, aber er spürte, dass sie fast platzte vor Stolz. Sie begleitete ihn bis zum Pförtnerhäuschen, verabschiedete sich dann und wünschte ihm viel Glück. Max kannte die Pforte noch von seinem Besuch mit der Klasse. Und in dem Häuschen stand sogar wieder Herr Hebestreit. Ob er sich wohl noch an Max erinnerte? Der Pförtner nickte Max zu und telefonierte, ein Max Gerner sei da, und dann zu Max: »Warte. Du wirst abgeholt.«

»Von wem?«, fragte Max. Der Pförtner schmunzelte ihm nur zu, und da kam auch schon Birgitt. Sie strahlte über's ganze Gesicht: »Na, Max! Du wirst am Ende noch Schauspieler hier, obwohl ich noch gar nicht Intendantin bin.« Sie lächelten beide, als sie an diesen Tag dachten. Birgitt wies auf die Eingangstür: »Dann mal los. Der Regisseur wartet schon.« Im zweiten Stock, im Probenraum, stellte Birgitt Max dem Regisseur vor: »Das ist Max, der den Walter spielen soll.«

Der Regisseur war ein starker Typ. Schwarze Jeans, schwarzes Hemd, Ärmel hochgekrempelt, offener Kragen, Siebentagebart, Glatze, buschige Augenbrauen, blitzende Augen. »Das ist Carlo, der Regisseur.« Carlo reichte Max seine Pranke, betrachtete ihn, sagte, »Setz dich«, und stellte lauter Fragen; woher die Lust am Theater käme, ob er Bammel habe, wie gut er lerne.

»Ich wollte mal Clown werden«, sagte Max. »Zwischendrin hab ich überlegt, ob ich nicht doch lieber Opernsänger werden will. Aber dann waren wir im Theater und es gefiel mir hier so gut. Als ich Herrn Schmatz kennenlernte und wir uns unterhielten, hab ich mir überlegt, dass ich Schauspieler werden könnte.«

»Na«, sagte Carlo, »dann wollen wir mal.« Er gab Max ein Blatt mit einem Text: »Lies ihn dir durch, dann liest du ihn mir vor.« Max las:

Die schnellen Herrscher sinds, die kurz regieren. –
Wenn sich der Föhn erhebt aus seinen Schlünden,
Löschen die Feuer aus, die Schiffe suchen
Eilends den Hafen, und der mächt'ge Geist
Geht ohne Schaden, spurlos über die Erde.
Ein jeder lebe still bei sich daheim,
Dem Friedlichen gewährt man gern den Frieden.

Max stutzte. Sowas hatte er überhaupt noch nie vorgelesen. »Komm schon, trau dich«, sagte Carlo. Und Max las, stockte, begann von neuem, kam aber beim lauten Lesen schon nach der zweiten Zeile in den Rhythmus und brachte es gut zu Ende. *»Ein jeder lebe still bei sich daheim...«* Das verstand er. Lebten sie eigentlich still? Naja, wenn er sich überlegte, wieviel Theater es oft daheim gab, wohl eher nicht.

»Gut«, sagte Carlo, ich wollte nur hören, ob du Sprache erkennen und erfassen kannst und wie deine Stimme klingt. Jetzt sag mir noch irgendein Gedicht auf, das dir grade einfällt.« Max fiel nichts Besseres ein als der fliegende Robert aus dem *Struwwelpeter:*

Wenn der Regen niederbraust,
wenn der Sturm das Feld durchsaust,
bleiben Mädchen oder Buben
hübsch daheim in ihren Stuben.
Robert aber dachte: Nein!
Das muss draußen herrlich sein!...

Carlo unterbrach ihn mit einem »Sehr gut.« Ihm gefiel, dass der Junge seine Angst verlor, sich ganz natürlich gab. »Jetzt erzähl ich dir noch kurz die Handlung des Stücks«, sagte Carlo, »Es spielt vor einigen hundert Jahren, als Schweizer Bauern, von ihrem Landesherrn unterdrückt, einen Aufstand beginnen. Der Wilhelm Tell, ein Bauer, der von der Rebellion erst nix wissen will, wird festgenommen.

Um frei zu kommen, muss er seinem Sohn Walter einen Apfel vom Kopf schießen. Und weil das gleich so gut klappt, erschießt er später auch noch den Tyrannen, der Gessler heißt. Das wars und gratuliere: Du hast die Rolle.«

Max war baff, weil das ganze Vorsprechen nur ein paar Minuten gedauert hatte. Dann aber bestürmte er Carlo mit Fragen: »Was mach ich jetzt? Wann ist Probe? Was zieh ich an? Wann soll ich da sein?«

Carlo klopfte ihm auf die Schulter, grinste und sagte: »Immer mit der Ruhe. Du hast noch ein paar Tage Zeit. Wir fangen am Montag mit dem Proben an, du kommst aber erst dazu, wenn deine Szenen dran sind. Wir rufen an. Zieh zur Probe was Bequemes an.

Hier ist dein Textbuch. Nicht über die Striche wundern, das sind Kürzungen. Den ganzen Text spielen wir nicht, das dauert zu lang. Bei dir fehlen drei Zeilen. Lies es oft, lies es laut. Hast du wen, um abzuhören, was du lernst?«

Max nannte Elfi. »Die macht das schon«, sagte Carlo. Stolz fuhr Max nach Hause.

Elfi plusterte sich mächtig auf, als Max sagte: »Kannst du mich bitte abhören, damit mein Text sitzt?« Am nächsten Tag musste sie es gleich all ihren Freundinnen in der Schule erzählen: »Ich muss jetzt immer meinen Bruder Max abhören, weil der im Theater eine Hauptrolle spielt.« So einen Bruder hatten die alle miteinander nicht.

Das Vorsprechen war ihm noch einfach vorgekommen. Nicht ganz so einfach war es für Max, sich durch das Stück zu arbeiten, alle Verse zu lesen und auch wirklich zu begreifen, was da geschah. Er musste immer wieder nachsehen, wer da was sagte, und sich jede Szene neu vorstellen. Max las zum ersten Mal wirklich ein Drama.

Er hatte Mühe, sich zu merken, wie alles mit allem zusammenhing. Warum zettelten die Bauern überhaupt einen Aufstand an? Was bedeutete dieser Schwur auf der hohen Bergwiese? ... Wie hieß sie gleich nochmal? ... Rütli!

Dreimal hatte er das Stück jetzt schon durch, da bemerkte er erst, wie er die Personen zu verstehen begann. Er konnte nachvollziehen, was der Landvogt Gessler den Bauern zumutete; er begriff die Rolle seines Bühnenvaters und seiner eigenen Figur im Stück immer besser.

Er lernte das Lied *Mit dem Pfeil, dem Bogen.* Der Vater kannte es noch aus der Schule. Und der Musiklehrer sagte, als er von Max' Rolle hörte: »Wir üben das mal ein.« Und dann verbrachten sie eine ganze Musikstunde damit. Selbst Elfi sang es zuhause jeden Morgen und jeden Abend.

Irgendwann begann Max zu begreifen, dass er nicht nur seinen eigenen Text lernen, sondern sich auch merken musste, wer vor und wer nach ihm etwas sagte. Wie er reagieren musste, wenn er angespielt wurde und wie er sich zu den Schauspielern, die seine Mutter und seinen Vater spielten, verhalten musste.

An Max' ersten Probentag stellte ihn Carlo erst mal allen vor und sagte: »Heute haben wir den jüngsten Tell zur Probe.«

Dann gab er Max die erste Anweisung: »Komm von da hinten links. Und fang an zu singen. Die andern sehen dich kommen und leiten dich.« Max musste schon nach den ersten Zeilen abbrechen.

»Komm mal froher, leichter, denk dir, dir ist was Wunderbares passiert, und du singst ganz heiter.« Auch beim zweiten Mal musste er abbrechen, dann noch mal, erst beim vierten Mal war Carlo zufrieden. Fürs erste. Max fragte sich, wann er sein Kostüm bekommen würde. Er probte in Hosen und Pulli, ganz normal, wie er sie auch in der Schule trug. Die anderen trugen aber auch kein Kostüm.

Die Szene ging weiter. Carlo arrangierte dies und jenes. Max fand es komisch, wie ihn Dora Selbst, die Tells Frau und seine Mutter spielte, eine stattliche Person, in die Arme schloss, seinen Kopf an ihren Busen drückte und sagte: *»Ja, du bist mein liebes Kind, du bleibst mir noch allein!«* Das hatte noch niemand zu ihm gesagt. Aber er musste sich von ihr losmachen und mit Wilhelm Tell mitgehen, also ... mit seinem Vater.

Die anderen Schauspieler waren wirklich nett, vor allem Herr Wilhelm, der den Tell spielte. Dieser Herr Wilhelm, der mit Nachnamen wirklich so hieß wie der Tell mit Vornamen, klopfte Max freundschaftlich auf die Schulter: »Wir sind die Hauptpersonen. Und du bist der Tapferste. Nicht jeder stellt sich hin und läßt sich einen Apfel auf den Kopf legen, den ich mit meiner Armbrust treffen muss.«

Ich, sagte er. So tief war der Herr Wilhelm schon in Tells Rolle gekrochen. »Wirst schon sehen, Max, das ist die tollste Szene im Stück,« sagte Herr Wilhelm, »Ich hab sie schon mal in Karlsruhe gespielt und die Leute saßen alle da und hielten den Atem an. Das kann richtig spannend werden.«

Mit diesem Satz im Kopf fuhr Max nach Hause. Elfi konnte es gar nicht erwarten, dass er endlich von seinen Erlebnissen erzählte: »Erst hab ich gar nicht gut gesungen, eher gekräht, aber irgendwann war Carlo – das ist der Regisseur – dann auch zufrieden. Herr Wilhelm, der den Tell spielt, hat seine Rolle schon voll drauf. Der hat nebenbei sogar noch 'ne Flasche Bier getrunken.«

»Hattste Angst?«, wollte Elfi wissen.

»Angst, nee, aber mir war schon komisch. So bisschen flau im Magen. Einer hat gesagt, das sei Lampenfieber, aber das würde sich wieder legen.«

»Und wie war das jetzt mit dem Apfel?«, fragte Mutter, die alles ganz, ganz genau wissen wollte.

»Kommt alles noch«, sagte Max und tat lässig, »Ich weiß gar nicht, ob das ein echter Apfel sein soll, den sie mir da auf den Kopf legen. Ich denk immer, wenn es ein echter ist, ist da vielleicht der Wurm drin und der macht sich am Ende ins Hemd.«

Alle lachten und Vater meinte: »Vielleicht kriegste ja den Trick noch raus.«

Acht Tage später war die große Szene dran. »Probebühne, nachmittags, fünf Uhr«, hatte der Anrufer gesagt.

Max war überpünktlich. Carlo auch. Er sagte zu Max: »Na, konntest du es auch nicht erwarten? Heut kommt die große Szene. Dein Text sitzt?« Was für eine Frage!

Elfi hörte Max dreimal am Tag ab. Sie las die Anweisungen und sagte: »So, jetzt kommst du auf den Platz in – wie war das noch gleich...« Sie schlug schnell nach im Rollenbuch, »Altdorf! mit dem Wilhelm Tell. Der hat eine Armbrust. Auf dem Platz sind Leute, und auf einer Stange hängt ein Hut. Der Tell führt dich an der Hand.«

Elfi zitierte: »*Sie gehen an dem Hut vorbei, ohne darauf zu achten* – Jetzt du!«

Max straffte sich und fing an: »*Vater, ists wahr, dass auf dem Berge dort die Bäume bluten, wenn man einen Streich gegen sie...*«

»Halt!« rief die strenge Elfi. »Nicht gegen, *darauf führte mit der Axt.*« Max wiederholte es. Elfi war Souffleuse und Regisseurin zugleich. Sie wuchs mit ihren Aufgaben, nicht der geringste Fehler entging ihr. Einige Zeilen später rief sie: »Max! Nicht *Schlagschlawinen*, sondern *Schlaglawinen.*« Sie betonte das *la*.

Auch wenn Elfi Max manchmal ordentlich ins Schwitzen brachte, war er dankbar für ihre Unerbittlichkeit. Genau deswegen saß der Text. Nun musste sich Max nur noch daran gewöhnen, seinen Part zusammen mit Herrn Wilhelm und den anderen Schauspielern zu spielen.

Carlo hatte wirklich Geduld. Erklärte und wiederholte immer wieder, was er wollte: »Da muss noch mehr Anspannung rein. Der Tell ist arglos, wird aber verhaftet, weil er den Hut nicht grüßt. Das geht auf Leben und Tod. Das muss genau so rüberkommen!

Die beiden Wächter am Hut spüren, das ist die tollste Minute ihres Lebens. Endlich sind sie mal am Drücker: Sie können einen verhaften, der den Hut nicht grüßt. Endlich sind sie wer. Endlich wird der Landvogt auf sie aufmerksam. Das muss man ihnen ansehen!«, rief Carlo: »Nochmal von vorn.«

Max stand dabei und sah, dass auch die anderen ihren Text so lange wiederholen mussten, bis Carlo zufrieden war. Er war der absolute Herrscher der Szene. Alle mussten machen, was Carlo wollte. Manchmal sagte er: »Ich sehe das so«, oder: »Das wird nichts. Wenn du den Landvogt siehst, musst du ganz anders rufen: *»Meuterei!, Empörung.«* Dir hat keiner 'ne Apfelsine gemopst, der klaut dir dein neues Auto. Wetten, dass du ganz anders klingst, wenn du so 'nen Kerl wegfahren siehst und nach der Polizei rufst?«

Max staunte darüber, was die Schauspieler alles nachfühlen sollten, um den richtigen Ton zu treffen. Wie Carlo immer neue Bilder aus seinem Kopf zog, um klar zu machen, wie sie sich bewegen und ihre Stimmen formen sollten. Der Darsteller des Gessler hatte es auf Anhieb drauf: *»Verachtest du so deinen Kaiser, Tell?«*

Da bekam man richtig Angst, da spürte man, was für ein gefährlicher Bursche das war, der seine Chance witterte, seinen großen Auftritt zu kriegen.

Da war Max plötzlich ganz eng angeschmiegt an seinen Vater Wilhelm Tell, als der knarrende Gessler fragte: »*Ist das dein Knabe, Tell?*« Das war er, Max. Welcher Max? Nein, er war Walter. Und dann kam er, der Satz: »*Du wirst den Apfel schießen von dem Kopf des Knaben.*« Es war die erste Probe, ein Anfang, aber Max spürte schon, wie er zu zittern anfing.

Carlo sagte dann aber zum Gessler: »Härter, langsamer, bedeutender. Das ist die Entscheidung.« Dann sprach Carlo den Satz selbst: »*und fehlst du ihn*« – und beim *fehlst* hob er die Stimme an, »*so ist dein Kopf verloren.*« Das *verloren* sprach er ganz langsam: »Da muss ein Schreck durchs Publikum fahren.«

Sobald das stimmte, gab es eine kleine Pause, dann sollte der Rest der Szene folgen. Weil die Zeit aber schon knapp war, wurde nur markiert, wo sie am darauffolgenden Tag weitermachen würden.

Die Szene war Max am darauffolgenden Tag noch deutlich in Erinnerung: Er musste ganz gelassen und sicher den Knaben spielen, obwohl er die Aufregung der Leute um sich herum spürte. Dann musste er sagen: »*Sagt, wo ich hinstehn soll, ich fürcht mich nicht. Der Vater trifft den Vogel ja im Flug*«, und dann, »*denkt ihr, ich fürchte den Pfeil von Vaters Hand.*«

Für Max wurde es immer toller, was er da sagen sollte. Er musste ganz unbefangen wirken, trotz aller Aufregung. Man führte ihn an einen Pfahl, der später auf der Bühne die Linde darstellen sollte. Da hörte er Carlo rufen: »Wo ist der Apfel?!« Der Apfel war nicht da.

»Wieso ist der Apfel nicht da, verdammt nochmal! Requisite! Wo ist der Apfel?«

»Wir haben heute morgen einen bereitgelegt.«

Carlo wurde laut: »Wenn ihn keiner weggenommen hat, lügt ihr mal wieder.«

»Ich bin Zeuge«, rief der Requisiteur. »Wir besorgen einen neuen.«

Carlo nutzte die Unterbrechung, um mit Max zu sprechen: »Du sollst hier festgebunden werden. Aber du bist ja ein toller Junge. Du willst das nicht. Du muckst auf. Denkst: Ich bin nicht, wofür ihr mich haltet. Ich zeig euch, dass ich besser und tapferer bin als ihr alle. Und in der Stimmung sagst du dann deinen Text.«

Der Requisiteur kam mit einem Apfel aus Plastik, leuchtend rot und rund. Er setzte ihn auf Max' Kopf und prompt fiel das Ding runter. Max legte ihn sich selbst auf den Kopf. Das klappte auch nicht. Herr Wilhelm hob ihn auf und dann saß der Apfel. Carlo sagte: »Jetzt halt mal schön still.«

Max dachte nur: *Das kleine Ding da soll mein Vater treffen? Das ist ja unmöglich. Und wie kommt der Pfeil dahin?* Er sah dem Vater in die Augen. Der hatte noch nicht mal eine Armbrust, er tat nur so, als hätte er eine, zielte: dann wurde er, gerade als Max dachte, jetzt würde er schießen, abgelenkt durch laute Zwischenrufe. Und auf einmal rief Herr Schmatz, der den Stauffacher spielte: *»Der Apfel ist gefallen.«*

Max hatte gar nichts gemerkt. Er tastete nach dem Apfel auf seinem Kopf, der war immer noch an Ort und Stelle, unversehrt. Kein Schuss, kein Pfeil, was sollte das bloß werden? Das Probieren, sagte er sich, ist ja wirklich nur ein Probieren.

Bei den darauffolgenden Proben merkte Max, dass alles immer sicherer wurde, *festgezurrt*, wie Herr Wilhelm immer sagte. Der hatte jetzt eine Armbrust und das Spannen und das Einlegen des Pfeils hatte er auch schon geübt. Er testete mehrmals, ob die Sperre auch wirklich funktionierte, damit der Pfeil nicht wirklich wegflog. Herr Wilhelm kannte schon alle Tricks.

Zwischendurch musste Max zur Anprobe in die Kostümabteilung, wo eine Kniehose aus Leder und ein weißes Hemd für ihn bereit lagen, eine Ledertasche zum Umhängen und Kniestrümpfe. Wie er da so vor dem Spiegel stand, kam er sich wie ein junger Schweizer vor, obwohl er sich nicht ganz sicher war, ob sie damals auch wirklich solche Kleidung getragen hatten. Dann zog er das Zeug wieder aus.

Acht Tage später war Kostümprobe. Da flutschte alles schon. Nur der richtige Apfel war immer noch nicht aufgetaucht, sie probten immer noch mit dem Ding aus Plastik. Das war aber das, was er wissen musste, was ihn am meisten beschäftigte: Würde da wirklich ein Pfeil auf ihn zufliegen?

Aber Carlo hüllte sich in Schweigen, als Max ihn fragte, und auch die Herren Schmatz und Wilhelm verrieten kein Sterbenswörtchen. Sie ahnten, worauf Max' Neugier abzielte: »Kriegen wir schon hin«, sagte Herr Wilhelm. »Wirste schon sehen«, sagte Herr Schmatz, und Carlo grinste gemein: »Sei nicht so verdammt neugierig.«

Lag es daran, dass Tells Sohn auch nicht wissen konnte, ob es klappen würde, wenn sein Vater schoss? Wollten sie echte Angst sehen? Er wusste es nicht. Zuhause fragten sie schon alle, was denn nun der Trick sei. Max konnte es nicht sagen: »Der richtige Apfel kommt wohl noch.«

Am Tag der Generalprobe hatte Max schulfrei. Das verdankte er Carlo: »Ich hab dafür gesorgt, dass du freigestellt wirst, für alle Fälle.« Elfi war schon beim Frühstück ganz aufgeregt.

»Heute wird's ernst«, sagte auch die Mutter. Sie fragte sich seit Tagen, was sie anziehen sollte, denn das Theater hatte vier Premierenkarten geschickt, *»für die verehrte Familie unseres jungen Walter Tell«*, wie es in dem Brief hieß. Jetzt gingen sie also doch mal ins Theater, zum ersten Mal im Leben. »Ist mir ja fast schon peinlich, dass wir noch nie dort waren«, hatte sie zu Vater gesagt, als sie ihm die Einladung zeigte.

Und Herbert Gerner, der seine freie Zeit am liebsten vor dem Fernseher, auf dem Fußballplatz oder in seiner Zeitungslektüre versunken verbrachte, hatte verlegen zu Boden geguckt und genickt. Nicht mal ihn ließ die Anspannung vor Max' großem Auftritt kalt.

Um halb neun kamen sie nochmal alle kurz im Probenraum zusammen. Einige waren schon in ihren Kostümen. Carlo schwor sie nochmal alle auf das Bevorstehende ein und sagte: »Straffes, energisches Spiel.«

Max sah, dass die Dekoration vollständig aufgebaut war. Hinter der Bühne standen die Inspizienten und die Bühnenarbeiter bereit. Die Brücken und die Steuerungskabine waren jetzt mit den Beleuchtern und dem Tonmeister besetzt. Die Angestellten und Helfer in den Garderoben und in der Maske waren schon seit halb acht bei der Arbeit.

Max wurde gleich in den Raum geschickt, auf dessen Eisentür *Ankleide* stand, da lag auch schon sein Kostüm. Um zehn nach zehn ging das Licht aus, die Probe begann.

Max verfolgte den Beginn des Stücks auf einem Monitor, der auf die hintere Bühne übertrug, was vorne passierte; es schien alles gut zu laufen. Einmal unterbrach Carlo, arrangierte etwas um, dann rief der Inspizient: »Max, bitte zum Auftritt!« Jetzt zitterte er wirklich. Zum erstenmal spürte er mal so richtig, was die anderen *Lampenfieber* nannten.

Dann nahm Herr Wilhelm, dem Heinrich in der Maske einen stattlichen Bart ums Kinn geklebt hatte, und der jetzt eine große Armbrust um die Schultern trug, ihn am Arm und ging mit ihm hinaus. Jetzt waren sie in einer wirklichen Welt.

Max staunte, wie glatt alles ablief. »Wie am Schnür-chen«, hätte Vater wahrscheinlich gesagt. Und wieviel spannender jetzt alles war, als auf den Proben, die sie *Durchlauf* nannten.

Max' große Szene lag noch vor der Pause. Alles lief wie geprobt. Jetzt wurde er an den großen Baum geführt, dessen Wipfel im Bühnenboden verschwand. Vater Tell diskutierte mit dem herrischen Landvogt, doch keine Für-sprache half, dem Vater diesen Schuss zu erlassen. Max sah, wie der Vater anlegte, wie ein lautes Gerede auf der anderen Seite entstand. Da spürte er ein Zucken auf dem Kopf. Was war das? Da ertönte der Ruf: »*Der Apfel ist gefallen.*«

Er hatte etwas gespürt, wusste aber nicht, was. In dem Apfel, der endlich der richtige war, steckte anscheinend ein Pfeil. Wie kam der da hin? Er hatte keinen Pfeil fliegen sehen, aber jetzt war da einer. Und er hatte doch diesen Ruck gespürt? Am Ende der Szene pflückte er die Apfel-Requisite von seinem Kopf, drehte sie ein wenig in seinen Händen und kam hinter das Geheimnis.

Er musste niemanden mehr fragen, weder Carlo, noch Herrn Schmatz und auch Herrn Wilhelm/Tell nicht. Er drehte den Apfel noch ein bisschen hin und her und be-wunderte ihn: Das war ein Meisterstück aus der Theater-werkstatt, die er mit zusammen mit seiner Klasse besucht hatte. Er schwor sich, niemandem den Trick zu verraten.

Als Mutter, Elfi und der Vater am Abend wissen woll-ten, wie wie das nun war, mit dem Apfel, sagte er nur: »Das Theater ist ein Haus voller Geheimnisse.« Dann lachten sie alle und das Thema hatte sich für alle Zeiten erledigt.

Die Premiere am nächsten Abend stand in allen Zei-tungen. Einige hatten sogar Fotos von der Generalpro-be abgedruckt. Mutter zeigte das Blatt beim Frühstück herum. Elfi packte sich den Ausschnitt kurzerhand in die Schultasche, um bei ihren Freundinnen damit anzugeben. Max hatte nochmal schulfrei. »Sicher ist sicher«, hatte Carlo gemeint.

Mutter hatte sich nun endgültig für das kleine Schwarze mit dem Silberstreifen in den Trägern entschieden, Vater kam im schwarzen Anzug. »Mit 'nem schwarzem Schlips wie bei der Beerdigung«, hatte Elfi gelästert.

Sie hatte genau das Kleid bekommen, auf das sie schon lange spekuliert hatte: Blau mit gelbem Gürtel. (»Wie sieht das denn aus, wenn die Schwester des Hauptdarstellers in Sack und Asche daher kommt?!«) Sie hatte es auch schon zweimal vor dem Spiegel anprobiert (»Wie sieht das denn aus, wenn die Schwester des Hauptdarstellers nicht mal die passende Frisur zum Kleid trägt?!«).

Jetzt warteten alle gespannt auf Lilli. Um fünf Uhr war sie da, ganz in weiß. »Ich bin soo gespannt«, rief Lilli und drückte Max so fest an sich, dass er ganz rote Ohren kriegte, »und ich würd sooo gerne auch mal da oben stehen. Mensch, Max, hast du ein Glück!«

Um halb sieben musste Max im Theater sein, die Inspizienten überprüften, ob alle rechtzeitig da waren. Jetzt war kein Ausweichen mehr möglich. Alles lief nun nach Minuten.

Die Techniker überprüften nochmal alle Aufbauten; die Tonanlage und die Beleuchtung wurden getestet, einige Schauspieler kamen aus der Maske, andere schon aus der Ankleide. So viele Menschen hatte Max noch nie gleichzeitig in den Fluren gesehen, es war ein geschäftiges Hin und Her.

Herr Wilhelm saß eine halbe Stunde lang ganz allein in seiner Garderobe – er bestand vor jeder Vorstellung darauf – um sich zu konzentrieren, »um mich einzuleben in die Rolle«, wie er sagte, ebenso Herr Schmatz.

Herr Grau, der den Gessler spielte, trug eine rabenschwarze Montur. Als sollte sich schon im Anzug andeuten, was für ein Schurke der Gessler war.

»Toi, toi, toi!«, riefen die Schauspielerinnen und Schauspieler sich zu. Sie umarmten sich, aber nur vorsichtig, damit sie die Schminke nicht verwischten. Sie spitzten die Lippen und spuckten dreimal andeutungsweise an der linken Wange vorbei. Max klopften sie auf die Schulter und sagten Sachen wie »Du machst das alles sehr gut« und »Behalt nur die Ruhe.«

Die Spannung war bis hinter die Kulissen zu spüren, alles ging auf Zehenspitzen, die Gespräche waren gedämpfter als üblich. Carlo lief ein letztes Mal auf der Bühne herum, verteilte hier und da noch Anweisungen, hatte für alle ein aufmunterndes Wort. Ihm war selbst ein bißchen bange, »ob meine Deutung des Stücks ankommt.«

Max hörte, wie er das zu Herrn Stemmröder sagte, der gekommen war, um auch allen auch sein »Toi, toi, toi« zu sagen. Stemmröder packte den Regisseur bei der Schulter: »Wir haben das schon so oft diskutiert, Carlo. Das sind alles Schläger, immer zum Krawall und zur dreckigen Tat bereit. Da ist keiner besser als der andere.«

»Denke, die werden den Heldenkram vermissen«, sagte Carlo, als fürchtete er, am Ende ausgebuht und ausgepfiffen zu werden.

»Das wird kein Sturm, das wird ein laues Lüftchen«, orakelte Stemmröder. Er sah Max auf dem Flur stehen, ging zu ihm hinüber und klopfte ihm auf die Schulter: »Du machst das heut' abend. Du rührst den Leuten, die pfeifen wollen, ans Herz.« Max verstand nicht so ganz, was er damit meinte.

Um Punkt zwanzig vor acht standen Mutter, Vater und Elfi im Foyer, und auch Lilli war mit dabei. Sie beobachteten, wie die Leute kamen, sich begrüßten, einander umkreisten, sich mieden, sich vor die Spiegel stellten, ein letztes Mal prüften, ob die Garderobe richtig saß, Schwätzchen machten, mit Sekt anstießen; sie hörten Gemurmel, Gelächter. Als es klingelte, strömten alle durch die Türen. Vater Gerner sah auf die Karten: Reihe sieben, Platz zehn bis dreizehn. Das war sicher Max gewesen. Hatte er nicht gesagt, in den Reihen sechs bis acht sitze man am besten?

Sie drückten sich alle ein bisschen vor Platz dreizehn, bis Lilli sich schließlich geschlagen gab: »Mich wird schon nicht gleich der Blitz treffen«, ulkte sie.

Langsam erlosch das Licht. Das Gemurmel erstarb. Der große schwarze Vorhang hob sich, durch das Publikum ging ein vernehmliches *Ohhhh*. Eine sonnige Felsenlandschaft war zu sehen, ein Knabe sang in einem Kahn: »*Es lächelt der See, er ladet zum Bade....*« Viele lächelten bei der Erinnerung an die Verse, die sie früher in der Schule gelesen hatten.

»So schön«, wisperte Mutter und drückte Vaters Hand: »Da! Der Max!« Sie beobachteten gebannt die Szene. Das war ihr Junge! Wie leicht und beschwingt er daherkam, singend: »*Mit dem Pfeil, dem Bogen...*«

Mutter blickte mit neu erwachtem Stolz auf ihren Max, als hätte sie ihn gerade noch einmal geboren. »Schau«, sagte sie zu Elfi, die ganz große Augen machte. »Unser Max, unser Max!«

Doch das Wohlgefallen wich bald aus ihren Gesichtern. Es wurde sehr schnell sehr ernst, der schwarze Gessler forderte schroff den Schuss. Der Max sollte an den Baum gebunden werden, wehrte sich aber und rief: »*Nein, ich will nicht gebunden sein...*«

Das Mutterherz raste, dass nur ja alles gut ging, wie machte der Junge das nur, dass er so ruhig blieb und so stolz, hoffentlich vergisst er den Text nicht! Der Vater dachte: »Ein echter Gerner, wie er im Buche steht.« Er platzte fast. Wie spannend das war. Sein Max! Er sah ihn auf einmal mit ganz anderen Augen.

Und jetzt wieder dieser grässliche Landvogt: den Apfel auf den Kopf, was soll das nur werden? Die Mutter konnte gar nicht so richtig hinsehen, der Vater erst recht nicht. Elfi und Lilli hielten die Luft an.

Und auf einmal fängt da oben ein anderer mit dem Landvogt zu streiten an, wird immer lauter, gestikuliert in Richtung Publikum: »Ich steh nicht wehrlos da wie die, ich hab ein Schwert. Und wer mir naht ...« Da waren sie ganz irritiert, wieso jetzt dieser Streit, geht nun alles noch ein bisschen schlimmer aus? Plötzlich ein Schrei, alle erschraken, und dann hörten sie es: *»Der Apfel ist gefallen.«*

Jetzt hatten sie doch tatsächlich verpasst, wie der Tell geschossen hatte. Sie sahen nur den Apfel und einen Pfeil darin. Was war passiert? Warum hatten sie das nicht gesehen? Aller Blicke richteten sich auf den Baum, doch da rief eine weitere Stimme: *»Der Knabe lebt!«* Mutter hörte den Satz auf der Bühne und atmete auf. Alle Umsitzenden hörten ihren Seufzer.

Vater hörte Max' Worte, als der sich an den Wilhelm Tell schmiegte (*»O Vater! Vater! Lieber Vater!«*), wie einen Ruf an sich selbst. Er spürte die Rührung, er schluckte hart, verdrückte ein Tränchen. Jetzt konnten sie den Rest des Stücks entspannt genießen. In der Pause schöpften sie Atem. Am Ende der Vorstellung gab es tatsächlich etliche Pfiffe und Buhrufe, wie Carlo befürchtet hatte.

Doch als die Schauspieler heraustraten, rauschte der Beifall nur so. Zuerst traten alle miteinander auf die Bühne; dann bald jeder einzeln, bis zu Herrn Schmatz als Stauffacher. Dann kam Herr Grau als Gessler; er sah lange und ernst ins Publikum, verbeugte sich dann tief und ging ab mit strammen Schritten. Jetzt erschienen Herr Wilhelm und Max gemeinsam: die Tells! Es war ein rührendes Bild. Elfi wusste nicht, warum sie auf einmal zwei Tränen wegwischen musste. »Klasse!«, rief Lilli.

Da schob Herr Wilhelm den Max allein vor an die Rampe, und Max spürte zum ersten Mal in seinem Leben, wie es ist, wenn der Beifall auf einen einrauscht. Das hätte er sich nicht träumen lassen. Er hatte wirklich seinen großen Tag. Und der war mit dem Schlussapplaus noch lange nicht zuende.

Nach der Vorstellung warteten die Familie zu viert am Bühneneingang. Zuerst kam Carlo heraus und war voll des Lobes: »Ein Teufelskerl, dieser Max!« Er hatte Stemmröder im Schlepptau, der den Eltern gratulierte: »Ach, Sie sind die Frau Gerner. Freut mich, freut mich sehr!« Dann kam endlich auch Max, und Lilli fiel ihm gleich nochmal um den Hals: »Max, Max, du warst 'ne Nummer!« rief sie.

Und auf einmal stand da der Paule mitsamt seinen Eltern. Max hatte gar nicht gewusst, dass sie auch im Theater sein würden. Paule wandte sich gleich an Herrn Stemmröder: »Brauchen Sie nicht vielleicht noch 'nen Walter?« Der grinste: »Wenn wir mal Ersatz brauchen, bist du der erste, den wir anrufen.«

Aber Max war entschlossen, Paules Pläne zu durchkreuzen: »Das steh' ich durch. Da kommt mir keiner ran.«

Natürlich waren auch Herr Stimpel und Herr Kurzmüller in der Vorstellung gewesen und lobten ihn über den grünen Klee.

Am Freitag war Max endlich mal wieder in Deutsch mit dabei und Herr Stimpel sagte: »Wisst ihr noch, unser Theaterprojekt? Der Auftritt von Max hat es gekrönt.« *Gekrönt* sagte er, obwohl in dem Stück doch nirgendwo einer gekrönt worden war.

Dann ließ er sie zur Feier des Tages wieder mal einen Aufsatz schreiben: »*Wie ich ins Theater ging*«, »*Was mir im Theater auffiel*«, oder »*Wie ich mir Theater denke*« oder irgendwas in der Art.

Max dachte an seine ersten Schritte in Richtung Theater. Das war jetzt schon fast wieder ein ganzes Jahr her. Seinen Aufsatz begann er so:

»Heute nachmittag kommt die Lillliiii«, rief Elfi und tanzte vor Freude im Flur herum. »Die Zicke«, brüllte ich, und: »Wie kann man nur Lilli heißen!«

Mit Lilli hatte es angefangen.

Und wenn man etwas anfängt, weiß man nie, wo es endet.